「文学」その道標

今を生きる人へ――

野松循子

海鳥社

まえがき

令和五（二〇二三）年一月半ば、大学での最終講義を終え、教壇から降りた。直前まで最終講義で何を語るか、散々迷った。「文学とは何か」と締めくくれば、硬い話にはなる。結果として、滑るかもしれない。何も言わず通常の授業の締めくくりとした方が良いのか。迷った。

だが、後はもうない。やはり「文学とは何か」についての私の思いを告げておこうと臍《ほぞ》を固めた。

今、「文学」は最大の危機を迎えている。ここ最近、老若を問わず読書時間は減少しつつある。本が売れない。大多数の人々がスマホやパソコンとにらめっこして終日を過ごしている。家の外でも、バスの中、レストランなど、あらゆるところでその多くの時間をスマホを見つめ過ごしている。また、教科書から、小説や詩歌が削減され、論理国語との名で評論のみ掲載された教科書も出回り始めている。尚更、本を読まなくなる。おそらくは、小説や詩歌は情緒を育てるには良くとも、些《いささ》か論理性に欠けているとの思い込みもあるのではないか。

国際社会の中で、論理力や説得力の弱さを指摘される日本の現状への焦りがそこにはある。さらにはもっと切迫した直接的な社会の現状があるのではないかとも思う。官公庁や会社などでA4一枚に要点を記したレポートを出せ、と要求しても、要領を得ない文書が増えつつあるのではないか。大学で学生の文章力の推移を見ていると、そのことは容易に察せられる。きれいに整えられてはいる。だが、独りよがりで、相手に伝わらない文書が増えつつある。

見方によっては論理力の獲得を求めるのも無理からない。読書量が減り、論理力が衰えつつある今、論説文を優先採択するのも当然の帰結とも言える。チャットGPTの活用に前のめりになっている官公庁などの現在の姿勢が、建前では仕事量と時間の削減のためと言いながら、その実、数枚の報告書などでさえ、まとめ得なくなっている現状が裏側に透けて見える。

オンライン授業、チャットGPTの活用、それらは効果と効率をもたらす。便利だ。利用した側として実感する。ただ、その先は怖い。人は楽を目指す、思考力を放棄する。気づいたときは、手遅れかもしれない。人間不要論さえ招きかねない。

さて、小説や詩歌に論理はないのか。私はそうは思わない。むしろ論説文よりもその論理力が優れている場合も多い。ただ、小説や詩歌の論理力を見抜くことは、評論文の論理を読み取るよりも、読みの力を何倍も要するのだ。一般的には小説や詩歌は感性や情緒を養い、論理力は論説文や評論で培うと見なされているが、それは大いなる誤解だ。後で例を取り、詳しく説明する。

小説や詩歌は論理力の養成以外にもう一つ大切な役割がある。それは「祈り」である。「祈り」こそ小説や詩歌の本質である。「祈り」は人間としての証《あか》しでもある。「祈り」こそが、人の生を支えるからだ。作家や詩人・歌人はその「祈り」の伝道者である。「祈り」が叶う、叶えられないにかかわらず、「祈り」を持つ。それが文学の本質である。

最終講義日。玉砕覚悟で小説や詩歌の論理力はどのようにして見抜くのか、続いて小説や詩歌の本質である「祈り」とは、の二点について話し始めた。聴いている学生たちは静まり返っていた。優秀な成績の方が良いという腹づもりもあることとだろうしと、些か異様な静けさを内心、苦笑してもいた。私、鬼だしなあ、と。真面目に取り組んでいれば単位を与えるのだが、毎時間、怒涛のごとく授業後の課題を出す、時間中提出の課題も出す。休めない、さぼれない、まるで悪徳サラ金業者だ、との自覚はありはする。学生の静まり返った様に、ご愁傷さまで御座います、あと少しの辛抱です、と秘かにニヤリと笑いつつ頭を下げてもいた。

まずは小説や詩歌の本質「祈り」についてから話し始めた。レポートが終わってからもそれを第一に忘れないでいて欲しかったからである。その上に何よりもこれからの人生でも本を読んで欲しかったからである。

村上春樹の『騎士団長殺し』の騎士団長の口癖を例として話し始める。物語の中の騎士団長は独特な言葉遣いをする。「ない」の意で「あらない」という言葉を繰り返す。「あらない」は古語で江戸時代までよく使われていたらしい。「あらなくに」と言えば、古典で聞いた覚えが皆にもあると思われる。

この「あらない」という言葉は、文学の究極の役割である「祈り」を象徴している。作家は、現実の世界ではないことについて、「ある」ことを前提とした「ない」と作品上で構築できる。つまり、現実では否定されるようなこと、叶わないことでも、小説内ではそれらすべてを肯定することができるのだ。そこには、作家の人間存在に対する深い「祈り」が籠められている。どうなったとしても、個々の人生を証し、支え、肯定する。さらに人として生きる意味を与えてくれる。それが文学の役割だ。ダニエル・キイスの『アルジャーノンに花束を』もその典型である。このように学生たちに伝えた。

文学のその性質を裏返すと、前述したように現実社会での実用的活用性や具体的効用性は他分野に比べると一段階ほど低い。殊に加速する情報社会の現在にあっては、求められる情報技術に追いつくことが最優先課題とされる。世界に比してその遅れを指摘される日本社会では尚更である。それゆえもあり文学は衰退の一途を辿っている。この世の風潮を象徴するかのように、SNSなどで論破することがもてはやされ、正解を求める傾向にある。

しかしながら、論理性の正しさ、それだけでは社会のことは解決できない。まして人生は尚更である。人生は長い道程である。どんな優秀な人であれ、欠点のない人はいない。どんな優秀な人であれ、いつかその能力は衰える。予期せぬ挫折、落魄、老い、病い等々にも出会わない人などいない。どんな人も終《しま》いには死ぬ。

その個々の人生がどうであれ、どこにあっても、〈生きる〉ことを支え、許容する。それこそが文学の究極の役目なのだ。なぜなら、文学の本質は「祈り」だからである。「祈り」とは実用性を重んじる現実的世界に対する、個々あるいは人間であることのすべてを抱合し受け入れる「精神的世界」である。どんなときにあれ、人としての〈生きる〉意味を証してくれる、支えとなる。許してくれる。言わば「あなた」の人生を支えてくれる唯一無二の同伴者と言っても差し支えない。だから、一銭にならなくとも、本を読み続けて欲しいと語った。

最終講義の課題は授業を受けての感想とした。別にレポートも課していたので、最終日の課題はそれに留めた。翌日、パソコンを開き、感想を読むうちに、ある学生の言葉が胸に突き刺さった。「私は文学に救いを求めていたのかもしれません」とあった。幼いころより本好きでずっと読んできた。実は弟に障害がある。私や家族そして「弟を支えてくれてる人」は皆、彼を愛している。だが、世間の人の中には「白い目」で見る人もいる。同じ人間なのに、「普通」ではないというだけで弾き出されてしまう場合も多かった。でも、今日「あらない」の話を聞いて、幼いころより本好きであった私の心の奥底には、ひょっとしたら兄弟を「どこかで」「肯定してほしい」という思いが、無意識のうちにも作用していたのかもしれないと思ったと綴られていた。今日の「授業を聞いて良かった」、「少し泣いてしまいました」とあった。そして最後は私への「長生きしてください」とのねぎらいの言葉で締めくくられていた。

講義中、四、五列目右側にいた学生の一人がうつむき加減に涙ぐんでいたが、あの学生だったのであろうか。この感想に触れて、私は思わず大泣きしてしまった。現実社会ではこうした「世間の目」は今なお続いている。それどころかますます酷くなる一方なのではないか。日常生活のうちで身に刺さる「白眼視」、その痛みを思うと、震えと泪《なみだ》が止まらなくなる。

しかしながら、私が泣いた理由はそれだけではない。この学生の心の内には深い「愛」が育っている。それに心打たれたからだ。家族、また学生も弟を「愛している」と語る。この言葉に泣かされたのである。家族だから当然と思う向きもあるかもしれないが、悲しいことに今という時代はそうではないことも多い社会状況にある。子殺し、食事を与えない、虐待、目を背けるような事件が多発する現在だ。

「祈り」は「愛」として結実する。人間にとってそれは最も大切なものだ。人生はそこに意味を成す。本を読むことの意味もここにある。「物語」には現実では叶わないことも「ある」とされる。「物語」の本質は「祈り」にある。「祈り」の先には「愛」がある。負うた子に教えられた。降壇後の今、幸福な泣き笑いの日々にある。

さらに論理力を把握するためのポイントを説明した。それは決して難しいものではない。まずは、作品の要点を見ることだ。ここでは小説で説明する。

㈠作品題（章題も含む）

㈡起承転結〈特に起〈話題〉と結〈主題〉〉
㈢登場人物・舞台・キーワード

この本では二番目に掲げた『錦繍《きんしゅう》』を例にとって、論理の見方を簡略に説明したい。それとともに、「祈り」についても再度触れたい。

まずは小説の論理把握のための3ステップを解説する。

ステップ1　作品題

『錦繍』の辞書的意味は、①錦・刺繍を施した美しい織物、衣服、②美しい紅葉や花のこと。この小説では主に②の意である。冒頭部分と後半部分とに「紅葉」場面が配されている。そして作品を補佐するエッセーで、紅葉はその燃えや姿によって、「孤絶、虚無、寂寥、憎悪、悪意、汚濁、愛、清浄」といった「人の混沌たる生」が仮託されていると筆者は語る。

ステップ2　起と結

物語は書簡体で綴られる。新年始まりの一月十六日（手紙内は去年の秋の出来事）に始まり、十一月十八日で終わる（手紙内の時間は秋から翌秋の一年）。右のステップ1「錦繍」と重ね合わせて考察すると、紅葉が晩秋に散り落ち、堆肥となり冬を越し、春、夏、そして再び紅葉の季節を迎え、次の晩秋に至る。木々の新緑から次の春への糧となる落葉の季節への推移とともに、一年ごとに巡りゆく人生の推移が重ね合わせられている。さらに書簡体の利点として現在・過去・未来の時間も融通《ゆうづう》無碍《むげ》に交錯する。

ステップ3　登場人物・舞台・キーワード

①登場人物　勝沼（星島）亜紀・有馬（星島）靖明
②舞台　蔵王他
③キーワード　モーツァルト交響曲・星・書簡体

①登場人物例として、勝沼（星島）亜紀の名の「亜紀」はステップ2の秋の紅葉を連想させるとともに、亜は亜細亜、東亜、紀は紀元、日本書紀など、年月の巡回を連想させる。ステップ2の「紅葉」の意を重ねると、木々の成長＝新緑、燃え、落葉、次の実りの糧とし

ての堆肥、そして翌春という循環が、人の生の成長と重ねられていることを予測させる。夫婦であったときの姓である星島は宇宙から見た日本を連想させ、星は本文で語られる生命の問題と繋がっている。

③キーワードとしてまず物語に流れるモーツァルト交響曲三曲が挙げられる。その背後には、小林秀雄の評論『モオツァルト』の「命の力には、外的偶然をやがて内的必然と観ずる能力が備わってゐるものだ」が関わるとのことを作家宮本輝氏はエッセーで語っている。「観ずる」とは「悟る」の意である。物語の主人公勝沼（星島）亜紀は思いもよらぬ苦難の人生「外的偶然」を「内的必然」として観じて（悟って）、次の人生へ一歩踏み出す決意を「結」で表明している。他の重要なキーワードである書簡体がそこに重ねられている。書簡体とは交わし合うことで深く考えを巡らし、思いが吐露され、さらに考えが深化していく形式である。手紙を交わし合い、季節が移りゆく中で「外的偶然」を「内的必然」と受け止め、成長し、次の人生への自立へと向かわせる。手紙文はそれらを巧みにサポートしている。

このように小説は、

㈠作品題（章題も含む）
㈡起承転結（特に起〈話題〉と結〈主題〉）
㈢登場人物・舞台・キーワード

を押さえることで、その意図はおおよそ見えてくる。小説の基本的論理はこのような方法で築かれている。小説をこの方法を用いて整理すれば、論理力が磨かれてゆく。

さらに文学の本質である「祈り」についても、もう一言付け加えておくと、この小説では勝沼（星島）亜紀というどこにでもいそうなお嬢さんが思いもよらぬ人生の苦難に翻弄されながらも自立的に生きてゆく決意をする。そうした物語を通じ、平凡な人々が出会うかもしれない人生の苦難に際し、必然と観じて、前を向き、自立的に生きて欲しいとの作家の「祈り」が示されている。作者自身、対談などでも語ってはいるが。

文学とは各人の人生への「祈り」が籠められた、決して失ってはならない人間の大切な財産である。いわば、人であることの証しである。また、論理がないものではなく、むしろ読めば読むほどに論理力も思考力も深められていく。そうした存在であることを再認識して欲しいとの思いを、以下の数点の自身の論文と少々型破りな説明との緒言としてまず掲げたい。

目次

［凡例］

- 引用文については、一部を除き、旧字体の漢字を新字体に改めた。
- ルビの拗音・促音には小書き仮名を使用していない。

『赤ひげ診療譚』論

病むことの意味と生きること

山本周五郎『赤ひげ診療譚』◆『オール讀物』（文藝春秋新社）一九五八年三月号〜十二月号に連載。一九五九年二月、文藝春秋新社より刊行（新潮文庫、一九六四年十月）

一

「病む」とは何であろうか。肉体的にしろ、精神的にしろ、人は病むことを歓迎しない。むしろ通常の営みの異端として脅かされ怖れもする。

しかし、考えてみると、人間そのものが病と無縁の世界に生き得る存在ではない。「死」はどのような人であれ、やがて平等に訪れる。その前段階として、誰もが病む過程を避け難い。とするならば、「病む」ことの本質とは一体我々にとって何であろうか。

二

山本周五郎の『赤ひげ診療譚』は病の本質を最も深く問うた作品である。「養生所」という舞台装置は、病軀を背負った人々の集合体を示すと同時に、様々な人生の縮図をも語ってくる。すなわち、「養生所」は人生の帰着点として、あるいは生を照射する場としての役割を果たしている。

物語は冒頭から既に心病んだ一人の青年の登場により幕が開く。長崎遊学から帰還した保本登は養生所の門前に宿酔《ふつかよ》いで立っている。頭の内は自分を裏切った元婚約者「ちぐさ」への「どうして待てなかった」との思いで充たされている。

この一青年医師「登」の心情の変遷を伏線として、作品のテーマは展開される。多くの評者が記述しているように、この物語は「赤ひげ」の人生哲学の披露であるとともに、「登」の成長物語でもある。

「赤ひげ」、「登」両者の関係は、志を受け継ぐ者の意味で水谷昭夫氏の論説(1)通り、夏目漱石の『こころ』の「先生」と「私」の間柄に匹敵する。この作品は明白に最初からその意図を持って準備されている。「赤ひげ」の人生観、医術観が赤ひげ自身の口によってではなく、「登」の心底に響く言葉として描かれるという構成が、如実なその証しの一例である。

しかしながら、『こころ』と比較した場合、『こころ』の志は「遺書」という形で伝えられ、『赤ひげ診療譚』では志を共にし「生きる」結論に導かれるという相違がある。その差違は、漱石の『こころ』が近代明治の時代精神を次世代へ橋渡す意図を持って執筆されたのに対し、『赤ひげ診療譚』は作者山本周五郎が同時代人の大衆の中に己の文学の拠点を定めたという姿勢の違いによるものであろう。

三

作品は八つの連作で成立している。第一話「狂女の話」は色情狂の精神体質を抱えた「おゆみ」にまつわる物語である。登は患者第一号としてその存在を知る。そして胸の内で「それが躰質であり先天性のものだとすると、娘の犯したことは娘の罪ではない。不手際に彫られた木像の醜悪さが、木像そのものの罪でないように。——だがちぐさの場合は違う」と自らの前から去った元婚約者と比較しこだわる。

そうした囚われた心によって、おゆみに興味を持ち過ぎ、危うくその魔の手にかかって殺されそうになる。その直前、赤ひげが救い出す。そのことで登の胸中に赤ひげに対し「負債を負う」心理が生じる。その間の状況として、「これらのことはあとでわかったので、そのときはまだ気がつかなかった」のであるが、「負債を負う」ことで「一種の安らぎを感じ」、「赤髯と自分との垣《かき》が除かれ、眼に見えないところで親しくむすびついたようにさえ思えた」と語られる。この過去を振り返り語られる回想体の筆法が、この作品を見事な円環構造に仕立てており、主題を効果的に盛り上げている。言い換えると、この手法には根底に現実の人間存在を位置せしめるという筆者の目が配されていると推察できる。つまり、現実の人間＝生きている我々は、何か挫折を味わったとしても、そう一時に変貌を遂げるものではない。むしろ、行きつ戻りつ、悩みながら徐々に内部解体し、変化、成長の過程を辿る。このゆっくりと抑制された文体が、登の存在をより地に足のついたリアリティ感のある、生身の人間と等距離にある存在として頷かせる。

このような冷徹な筆づかいは「赤ひげ」像とも関わる。赤ひげは己の人生哲学を述べると、必ずといってよいほどその直後に、「何をいきまいているのだ」とその昂《たかぶ》ぶりを打ち消す。人生には理想とすべき人生哲学は必要だが、現実の対応に際してはその哲学がそのまま通用するものではない。精神論理を打ち砕き、現実的困難を熟慮し顧みる必要性を「赤ひげ」像の内に託したと思える。

話を戻すが、この「負債」すなわち「汚点」が、登の人生観を変革させ昇華させてゆく。第一話がその発端である。

それに付随して、作品は一見、何不自由なく育ったお嬢さんであるかのように見える狂女おゆみの、裏の悲惨な人生をも映し出している。人生は複合的だという作者独特の人生認識が活かされている。

四

物語は進展するにつれて段々と重層化してゆく。第二話「駈込《かけこ》み訴え」は、主に「膵臓《すいぞう》に初発した癌種」の末期患者「六助」の醜悪地獄に陥った病状と死を冷厳に描写している。また同時にその過去の人生をも洗い出している。この六助の病名の背後には、作者自身の最初の妻きよいの死への痛切な思いが感受できる。夫人もまた同じ病であった。六助の静かな臨終場面には、夫人への鎮魂とする心情も強く重ねられていたであろう。

登は六助の診療に立ち会うよう要求される。しかし、「負債」はあるものの、従順にはなれず、しぶしぶ承諾する。この登の姿勢は現実の我々と似ている。人間はわかってはいても容易に変革し難い。なぜなら、確固とした信念が確立されていない段階での自己否定は自己喪失に繋がるからである。

そこで登は二つのことを赤ひげより告げられる。第一に医術はその個体のもっている生命力を凌げないということ、第二に人間の一生で臨終ほど荘厳なものはないということ。この二つの哲学は、「医」の枠を超えて人の「生」の有様に直截に迫ろうとした理念であろう。登自身も後に医の無力さを思い知ることとなる。

六助の死後、内側に秘めていた病苦をも凌駕する壮絶な人生遍歴が明らかとなる。娘のおくにの口を通じ、六助の複雑で暗澹たる人生が引き出される。おくにと六助の妻であった亡き母との永劫的な確執、理解を超える根深い情痴の罪、お互いの妄執、夫富三郎への呪詛。六助はそれらのことをすべて知りながら、その一人娘のおくにに拒絶され、たった一つ残った願いである娘をその陥穽《かんせい》から救い出すとの願いも叶わず、悲嘆と苦しみの人生を送ったことを登は知らされる。

そのことで登に「もっとも苦しいといわれる病気にかかりながら、臨終まで、苦痛の呻きすらもらさなかったのも、それまでにもっと深く、もっと根づよい苦痛を経験したためかもしれない」と人生の苦悩の一端を知らしめる心情を喚起させる。

この六助の命名は、〈六道〉に基づいているものではないか。「人間の一生で、臨終ほど荘厳なものはない、それをよく見ておけ」と言った赤ひげの言葉の背後の作家山本が、苦痛のうめき声一つ上げず亡くなった最初の妻きよいの人生を重ね、死して後、天道に至ることへの願いが籠められていたのではなかろうか。その延長線上にまた六助のようなこの世で報われることもなく、「根づよい苦痛」に覆われた人生を送る人々を救い取ろうとする視線が注がれているようにも感じられる。

その一方というか、それゆえにというか、堕落した「人でなし」と称される人物についても、新たな目で問い直している。その一例がおくにの夫、富三郎である。赤ひげは富三郎の堕落は若い時分に誘惑され「女に食わせてもらう習慣」が身についた結果だと言い、根は案外善良な人物であろうと分析する。この赤ひげが提言する相対的人間観は、作品外部に控える作者の人間理解の様を窺わせる。視線の傾きしだいでは、人間はある意味で善悪どちらにも判断できることが多い。いや、むしろそれよりも、人間存在の生々しさ、それに堕落者側が善であれ、悪であれ、それなりの立場としての論理が存するのだということを言わんとしているのではあるまいか。人は誰しも程度の差こそあれ、完璧であるはずはなかろう。

それがためにそのすぐ後、「人生は教訓に満ちている。しかし万人にあてはまる教訓は一つもない、殺すな、盗むなという原則でさえ絶対ではないのだ」と赤ひげは述懐するのではなかろうか。

赤ひげの存在とは何であろう。「新出去定《にいできよじょう》」、その本名が示唆するように、新しく出でて定め（法）を去る者、を意味しよう。

とするならば、前述の「人生は教訓……」云々は、人の「生」の核心は倫理的概念の側面では測れないものだという信念が託されていると言えまいか。「生」の深淵の底深さを知悉《ちしつ》したとき、「生きる」ことの本質が「定め」（法）の領域だけでは取り締まれないとの、作家の成熟した人間理解を垣間見させているのではなかろうか。

では、この赤ひげの相対的論理は、一体どこから来ているのであろうか。物語の進行とともに、それはしだいに開示されてゆく。

五

六助の臨終の看取りを経て、しだいに登は変化を見せ始める。まずは表面から変わる。医員用の上衣を着用するようになる。「むじな長屋」の佐八の「私どものような貧乏人は、養生所へはいきたがらないものですが、通りがかった先生を見れば、治療に寄っていただきたい人間がたくさんいます」、「あの上衣は人助けです」との言葉を承認した登がまた置かれる。ここには、貧苦を生身で知り得ている作家の姿が顔を覗かせている。

また、これまで軽侮してきた同僚の森半太夫を自然に「ちかしく、また好ましく」感じ始めるようになる。この半太夫は赤ひげに最も心酔し、赤ひげの哲学を踏襲し、実践している人物である。登がその半太夫に心惹かれる展開は、それだけ登が赤ひげに近づいてゆく過程を辿っているとの構図でもある。

この第三話「むじな長屋」では、富の世界と貧の世界とを対照化している。赤ひげは松平壱岐守の外診に回り、権力者の無法を怒り、貪欲を憎悪する。その一方、「かれらも人間だということを信じよう」、「かれらはもっとも貧困であり、もっとも愚かな者より愚かで無知なのだ、かれらこそ憐れむべき人間どものなのだ」と考え直す。これは相対的人間把握に基づく許しの姿勢の表明である。慈愛の域へと導いてゆく視線である。またそれは、この小説の目的が正義の医師赤ひげを描くことではないことをも示唆している。

続けて舞台は貧者の世界に移りゆく。むじな長屋の労咳を患った佐八は稀有な存在として登場する。稼いだ賃金を惜しげもなく他人に捧げ尽くす。治療薬ですら人へ譲り渡す。まるで「神か仏の生れ変り」と称される。物語はその佐八の過去に、実は彼自身が手を下したとは言えないような「おなか殺し」が横たわっていることを、緩やかに推察させる。そして佐八の無上の優しさが贖罪行為からであることを、その内に暗示させている。しかも、その贖罪行為は「おなか」を愛しながら、世間の嵐に攪拌《かくはん》されてしまった男の、心の底からのより深い「愛」に支えられての行為と考えられる。

では、佐八の存在は何を語ろうとしているのであろうか。一言で述べるならば、人生の生き難さではなかろうか。人生は思ってもみないことの連続である。厄難は招かなくとも向こうからやってくる。今日、明日の暮らしに追われる底辺社会に生きていれば尚更である。佐八の犯した「罪」はそこから生じている。故意のものではない。

人は人生の波乱に翻弄される存在である。病むこととて同様である。誰も病を志願するものはいまい。しかしながら、望まずとも逃れ得ない。予測すらできない場合もある。人間の「生」は生き難く置かれている。作品はそのことに目を据えている。

とはいえ、どのような状況であれ、人間は生きている存在である。当たり前だが、「病」を受けても生きていることに変わりはない。とするならば、佐八の贖罪行為は「生」の証しではなかろうか。人生とはどこにあれ、人としての尊厳、言葉を置き換えると、いかに生きてゆけるかという可能性が試される道程でもあろう。

その可能性に触れた登は、「静かな反省と悔い」とともに一つの転生を図る。囚われてしまっていたちぐさへの恨みつらみが変化する。「ちぐさは自分のしたあやまちで傷ついた。天野さんも、父も、それぞれの意味で傷ついた、そのなかで、おれ一人だけ思いあがり、自分だけが痛手を蒙ったと信じていた、いい気なものだ」と他者の痛みがわかる存在として大きくなる。着実に赤ひげへと歩み寄ってゆく。

物語はさらに輻湊《ふくそう》的に周辺の人物の人生の軌跡をも辿る。同じ長屋の平吉の連夜続く酔いどれ姿に「食うことだけに追われていると、せめて酔いでもしなければ生きてはいられない」人生の悲しみを映し出している。やはりここでも、人間とは何なのか、生きるとはどういうことなのか、与えられた生の位置を含めて、人であることの意味を現実社会に立脚し、根源的に問おうとする姿勢が組み立てられている。

六

続く「三度目の正直」は精神的倒錯症状を有する猪之の話を中心として展開してゆく。猪之は恋が成就しそうになるや否や、ことごとくそれまでの好意を掌返しし、その女を退ける。ついに、その倒錯症状が植木を逆さまに植える症状となって表れ、養生所に引き取られる。その養生所で病める狂女おゆみに終生無償の愛情で仕えようとする女中お杉の姿に猪之は心打たれ、「初めて愛する立場」に立つ。人は「愛」を与えられる側としてではなく、与える側の「愛」の心を自らの内で育んでこそ、初めて本質的な「愛」に身を委ねることができたと言えはしないか。

この猪之の与えられる側ではなく与える側の「愛」の行為者への転換は、登の成長の伏線ともなっている。登の成長の本質は、与えられる側から与える側の「愛」の行為者への変貌である。登は第二の猪之でもあったのだ。

七

五作目「徒労に賭ける」では底辺社会に生きる人々に焦点をあてる。なかでも、底辺の最も下層に蠢《うごめ》く「やくざ」の姿を描く。赤ひげは「好んで人に嫌われるような人間などいる筈はない」と語る。暗黒社会に陥る原因は「貧困と無知」だと断言する。「世の中は絶えず動いてい」て、「ついてゆけない者」は必ずいるが、それはむしろ「却って人間のもっともらしさを感じ」ると言う。これもまた、人とはそも何ものなのか、人の生き難さ、その両者を踏まえた主張である。

さらに敷衍《ふえん》し赤ひげ自身の奥深い心の傷が記される。「おれは盗みも知っている、売女《ばいた》に溺れたこともあるし、師を裏切り、友を売ったこともある、おれは泥にまみれ、傷だらけの人間だ、だから泥棒や売女や卑怯者の気持がよくわかる」と語る。これらの言はこの物語の結末部の「登を立直らせた辛抱づよさや、貧しい人たちに対する、殆んど限度のない愛情を見ると、自分の犯した行為のために贖罪をしている、というふうにさえ感じられるのであった。（中略）先生は罪の暗さと重さを知っているのだ」に連なっている。

この赤ひげの罪は二つの意図を含んでいると考えられる。その一つ目が罪の具象的実態が明白ではないことである。半太夫の口を通し「たぶん言葉どおりではないだろう」、「自分には特にきびしい人だから」と語られるが、具体的「罪」の行為は展開されてはいない。おそらくその理由は「罪」とはその事実そのものよりも心に感ずる大きさの方が問題となる認識概念であるからではないか。「罪」を測る尺度の基準とはそもそも設けられないものではないのか。「罪」とはより個人の資質と関わり、よりその人自身の内部意識と繋がる理念であろう。であるとするならば、「罪」の事実そのものはあまり深い問題ではない。自らの内でその罪を自らどう捉えるか、そのことによって「罪」の実質は生成されてくるはずであるからだ。最終話「氷の下の芽」の登の胸の内の言葉「あの汚辱が自分を立直らせたのであり、そのときまで黙っていてくれた、去定のひろい気持が柱になったのだ、と登は思った」との言を読むとき、それは納得されるのではないか。

さらにもう一つ。前述した物語の結末場面で赤ひげの罪意識「登を立直らせた（中略）先生は罪の暗さと重さを知っているのだ」は、赤ひげ自らが語るのではなく、登の胸中の感慨としてもたらされる図式となっている。それを確認したとき、作家山本周五郎が『赤ひげ診療譚』でさらにその上に書こうとしたもう一つの思いがあったことがよくわかるのではなかろうか。それは、登が自ら罪の意識を抱き、赤ひげの継承者として成熟してゆく存在となったことを示唆している。この小説が「あの汚辱が自分を立直らせた」との登自身による回生に繋がる構造をなしていることの証しでもある。これは生きている人間の生の実相をよく反映している。人はすぐには変われない存在である。

「罪」とは何か。結末部でそれも登の心の中に聞こえてくる。「罪を知らぬ者だけが人を裁く」、「罪を知った者は決して人を裁かない」が明白にそれを語る。これらの言葉は、聖書ルカ伝七章四十七節「赦さるる事の少なき者は、その愛する事も少なし」に基づく。赤ひげの「罪の暗さと重さ」との罪意識とは、聖書での宗教倫理により近いものなのである。

この聖書の言葉の挿入は、登が己の罪を知り、赤ひげの継承者となってゆくストーリーを暗示するとともに、この物語を読んでいる読者への作家のメッセージでもある。人は挫折し、傷つき、心病む存在でもある。恨みもすれば、自暴自棄にもなる。だが、己の罪を知覚することで、初めてその本然の性に立ち戻り、「生きる」こと、「人間」とは何かを呻吟の末、見出すことも可能な生き物でもある。人は誰であれ、人生のその行程において、生き悩む。いわば、生き難い生を抱えている。だが、自身の「罪」を自覚することは、そうした人生から飛翔し得る可能性を秘めている。自己存在の砕身であり、「愛」することの入口でもあるからだ。

また、それだからこそ、赤ひげは現実の難事を前にして「おれの考えること、して来たことは徒労かもしれないが、おれは自分の一生を徒労にうちこんでもいいと信じている」との信念を貫くのではなかろうか。人は「死」という終焉が予知される存在である。その厳然たる事実の側面から判断すると、すべての行為は無駄であるかもしれない。しかし、その事実を踏まえた上で生きようとするならば、より解放された生を歩むことも可能だ。赤ひげ、登の生き様はそのことを語っているのではなかろうか。

八

第六作目「鶯《うぐいす》ばか」以降、作家の視線は底辺社会に強く注がれてゆく。「千両の鶯」の妄想にとりつかれている十兵衛はそのうちの典型的人物である。生活苦が続き、二人の子を亡くし、将来の当てもない。その焦燥と、「現在の生活からぬけ出よう」との不断の願いが重複して発病する。登はその十兵衛の病の本質を「人生の苦しみの象徴」と感知する。この登の眼差しは彼自身の成熟の証しである。

登はまた、自らがその場に足を運ぶことで、長屋社会のより厳しい現実をも知ることになる。「貧しい者には貧しい者、同じ長屋、隣り近所だけしか頼るものはない」状況でも、「羨望や嫉妬や、虚飾や傲慢」がある。登は人間社会の汚濁が長屋の住人にとっても別次元でないことを体得する。

五郎吉一家を心中へと追い込んだおきぬの行為にも「おきぬ独りの罪ではない、貧困と無知と不自然な環境とが、ああ云う性分をつくりあげたのだ。そう云うであろう去定の言葉」を身の内に感受する。

さらにその上に、心中で生き残ったおふみの〈生きて苦労することよりも、死ぬことの方が楽ではないか〉との叫びに、「この問いに答えられる者があるだろうか」と呻吟する。「これは彼女だけの問いかけではない、この家族と同じような、切りぬける当てのない貧困に追われ続けて、疲れはてた人間ぜんたいの叫びであろう。これに対して、ごまかしのない答えがあるだろうか。かれらに少しでも人間らしい生活をさせる方法があるだろうか」と「爪が掌《てのひら》にくいこむほど強く両の拳を握りしめ」懊悩《おうのう》する。

登は徐々に一人の大人の目を持った存在として高まってゆく。そして登の二回目の新生が起きる。「人間生活の表裏を見て」、「不幸や貧苦や病苦の面で、そこにあらわれる人間のはだかな姿を、現実に自分の眼で見て来た」ことで元婚約者の妹まさをの「賢さと敏感な気性」を識別できるようになる。

九

次の「おくめ殺し」の章は、暗の世界から、たくましく生き抜く長屋住人たちの明の世界を描くことで、物語は調和が図られる。そのうえで最終章「氷の下の芽」へと収束してゆく。そこでは親の食いものにされないために、白痴を装い、ついにその習俗が抜け切れなくなる娘おえいが登場する。環境の怖さ、すなわち人の生き難さを表している。

登はそれが装いであることを看破することができるまでに成長を遂げている。そしてまさをを生涯の伴侶とし、養生所に一生を託すことを決意する。「見た目に効果のあらわれることより、徒労とみられることを重ねてゆくところに、人間の希望が実るのではないか。おれは徒労とみえることに自分を賭ける」との赤ひげの信念を受け継ぎ、「温床でならどんな芽も育つ、氷の中ででも、芽を育てる情熱があってこそ、しんじつ生きがいがあるのではないか」との思いに至る。

その決意は「ここに残るよ」という謙虚に制御された一言のみで示される。このことは、抱いた信念が本物となるかどうかは、行為すなわち未来の生き方でしか示し得ない現実を静かに告げていよう。我々の生は未完成であることを抱えつつ、どのような崇高な信念であろうとも日々歩むことによってしか達成されない。もちろん「徒労」となることも覚悟した上にである。なぜなら、人生とは未完成なもので、完成は望み難い限りある生の内に置かれているからである。「徒労に賭ける」、その言葉がそれを如実に語っている。

抑制された物語の結末は、人生の実相がそも何ものであるかを底深くから語っている。山本周五郎文学は「人間賛歌」との定冠詞が与えられてきたのが一般の趣である。しかし、その文学の本質はむしろもっと宗教の位相に近く、人間の「生」の実存を問う姿勢が備えられている。

十

登の成長との主題が露わになったところで、最初の問いに戻ってみたい。「病む」こととは何か。人は誰しも病むことは避け難い。帰結するところの死もまた同様である。それゆえに、その中でいかに生きるか、それが人生の根源的な問題であろう。『赤ひげ診療譚』はそのことを本質的主題としている。生き難さを是認しつつも歩むこと、そのことを赤ひげ、登の存在を通して語っている。しかも、その歩みとは、自身の身の内に「罪」を覚知しつつ、与える「愛」を実践することではなかろうか。

なぜならば『赤ひげ診療譚』の「病む」とは、一つは肉体現象としての病を示しているが、それ以上に病んでいるのは、もう一面の精神の病、すなわち「愛」の病に罹っていることだ。冒頭の登がその典型であり、患者たち、例えば、佐八、猪之、五郎吉一家、おえい、などなどもそれぞれが何らかの形で他からの「愛」を断ち切られ、喪失した存在である。

根源的に人間の尊厳とは「愛」によって初めて明らかとなる。なぜなら、個としての存在の認知は「愛」によって最大限可能だからである。とするならば、人の本当の生き難さとは

「愛」を失い病むことではないか。

登の成長とは、その過程で聞こえてくる前述のルカ伝四十七節「赦さるる事の少なき者は、その愛する事も少なし」を基調とする「罪を知らぬ者だけが人を裁く」、「罪を知ったものは決して人を裁かない」との赤ひげの声が、登自身の内部で深まってゆき、受け身の状態から覚醒し、与える愛へと超えたことを意味している。「罪」意識の進化が「愛」の内実を変化させたと言えるのではなかろうか。

すなわち『赤ひげ診療譚』の世界とは、「愛」を主題として人間の生きることの意味が問われているのではなかろうか。

（「燔祭」第一号、一九八九年一月、改稿）

注

（1）水谷昭夫「赤ひげ診療譚論」、『別冊新評　山本周五郎の世界』新評社、一九七七年十二月

宮本輝『錦繡』をめぐって

宮本輝『錦繡』◆新潮社、一九八二年三月
（新潮文庫、一九八五年五月）

一　『錦繍』の誕生

『錦繍《きんしゅう》』は昭和五十七（一九八二）年三月、新潮社より刊行された書簡体の長編小説である。作者の宮本輝はその過去『泥の河』、『螢川』、『道頓堀川』の川の三部作で既に独自の世界観を築き上げていた作家であった。『錦繍』はまたそれらとは異なった趣で新たな境域を切り開いた小説である。

その書評として、水上勉氏は「人間の生きることのはかなさ、愛することのはげしさ、うつくしさ」を「山の風景に綴じこめて」、「掌指《てゆび》をオサにかえて織りあげた」彼の代表作だと激賞している。(1) 確かにその言葉通り、人間の生命、人生、心について深甚なる思念と洞察力を潜ませて機織《はたお》られた本格的な小説である。

成立の背景として、宮本は当時『螢川』で芥川賞を受賞し、新進作家として絶頂期にありながら、持病の不安神経症に加え、結核のもたらした大喀血により死線をさ迷うなど、暗闘の渦中にあった。

この小説はそのことと密接に関わっている。小説の冒頭一行は、夜半の蔵王山頂で、最初の喀血による生への怯《おび》えを身の内に抱えて慄《おのの》きつつ、凄絶なまでに澄み渡った満天の星空を仰ぐ中、何の脈絡もなく、まさに天から与えられた僥倖《ぎょうこう》の賜物のごとく心の内に降り立ってきたと回想している。(2) 次いで小説の題名「錦繍」も、翌朝、ゴンドラ・リフトから紅葉の真っ盛りである山々を眺めているとき、やはり突如として頭に浮かび上がってきたと述懐している。(2) すなわち、人生の正念場となる場面の一つにおいて、構想が練り出されたと言える。それゆえに、作者の無量の思いが籠った小説として成立している。

二　書簡体という構成

思いが蓄えられ熟成され、蔵王体験から四年後、病が癒え、退院した後、作家は早速に着手した。小説の体裁は、離婚後十数年を経て、偶然、蔵王のゴンドラ・リフトの中で再会した、人生の中盤に差し掛かった一組の元夫婦による手紙の往還という形式で書き上げられた。

しかしながら、なぜ、『錦繍』は古風で表現の制約も多い、容易には成功し難い書簡体がその叙述手段として選ばれたのであろうか。

手紙文の有する特質からその理由をまずは見極めたい。文字による往返は会話よりも、より微妙な心の綾が交わされる。なぜなら、筆記することとは、互いに時間を自身の心の内で一時止める作業であるからだ。そこではときに秘かに胸の奥に潜在していた思いが吐露され、隠蔽《いんぺい》していた事実が白日の下に曝《さら》される。いわば己と他との心理と心理が錯綜するドラマが展開される。通常の散文形式や日記形式などと比較しても引けを取らない。むしろ、勝ることもある。

さらに相手と言葉や生き様を交わすことを通じて、自己変革が遂げられる場合も多々あり得る手段なのではないか。本作品の解説で、作家黒井千次氏がそれらに繋がる含蓄のある発言をなされている。現代は電話の目覚ましい普及によって手紙の多くが無用と化している風潮の中にある。「にもかかわらず書かれねばならぬ手紙とは、おそらく他のいかなる手段によっても取ってかわられることの出来ない、最も本質的な手紙であるに違いない」(3)。まさに手紙文の核心を突かれている。

そもそも、元夫婦という全くの他人でも身内でもないもつれあった関係、複雑な未解決のままの過去の謎、再会までのお互いの未知な空白の日々、それらすべてを網羅し織り込もうとするならば、いきおいその表現手段は限られてくる。加えて、作品の当初部分では、亜紀と靖明の生の時間の流れは、過去時間において中断され、取り残されたまま停滞している。そこにおいて心の丈や綾を綴った手紙を交わすこととは、置き去りにされたままの過去の解決というだけでなく、現在の時間や生を取り戻すことでもある。すなわち、手紙こそが、生の回復と再生、そして自己変革、それらを可能なさしめる最良の手段なのではないか。時々の思いに従って「生の流れを一時立ち停らせ(3)」たり、振り返らせたり、現実の時間を超越して綴られる中で、やがて自らの内なる本質的な時間との出会いがもたらされてくると言えないだろうか。

さて、筆者はその書簡体のヒントとして、ドストエフスキーの処女作『貧しき人々』の介在を示唆している。それは形式を超えた次元での呼応でもあったと考えられる。『貧しき人々』との最初の出会いと、それをヒントに書簡体を用いたその間の事情を次のように述べている。

だが、露店の茣蓙の上から選びだし、私が中学二年か三年の終りにかけて、それら十冊の文庫本を何度も何度も読み返したことは、何か不思議な天恵であると同時に宿命でもあったのだと思えてならないのである。(中略)「貧しき人々」は、それから二十年後、私に「錦繍」を書かせた。(中略)私は十冊の文庫本に登場する人々から、何百、いや何千もの人間の苦しみや歓《よろこ》びを知った。何百、何千もの風景から、世界というものを知った。何百、何千ものちょとした会話から、心の動き方を教わった。(中略)亡くなった大宅壮一氏が、かつて「一億総白痴化」と言ったことがある。確かにその言葉はいまのま現実化しつつあるような気がする。若者の多くは、そのとき楽しければいいもの、つかのま笑い転げるものしか求めなくなり、人間の魂、人生の巨大さを伝える小説を読まなくなった。そうすることによって、自分を見つめられなくなった。他者の苦しみと同苦出来なくなった。(中略)けれども、たったひとつ取り得と呼べるものをあげろと言われたら、私は多少は他者の苦しみと同苦出来ることだと、いささか声を落として答えるだろう。答えた瞬間、私の心には必ず、あの十冊の手垢に汚れた文庫本の束がよぎる筈である。
(「十冊の文庫本」、『命の器』[4])

このエッセーからも、『錦繍』を書くに際して『貧しき人々』に倣って書簡体を選択した最大の理由は、手紙という手法が「他者の苦しみと同苦」しつつ、自己成長が促され、果てには「人間の魂、人生の巨大さを伝える」可能性が高まる手段でもあったからだと推察できる。

同じく『命の器』(4)所収の「成長しつづけた作家」でも以下のように語っている。

だが、死後、幾十年、幾百年とその作品が民衆に愛されつづけた作家は日本に何人いるだろう。おそらく山本周五郎は、そのような作品を遺《のこ》した作家である。なぜか。氏の小説もまた演歌であったからだと私は思う。そういう私の勝手な解釈で読めば、スタンダールの「赤と黒」も、トルストイの「アンナ・カレーニナ」も、ドストエフスキーの「貧しき人々」も、みな演歌であったような気がしてくる。

「演歌」とは喜怒哀楽の感情をストレートに表出させて人々の魂に訴え、共感を誘う大衆歌である。どちらかと言えば哀苦の情感が主である歌曲である。つまり前述した「他者の苦しみと同苦出来る」という心性と同じトーンを持っている。とするなら『貧しき人々』を手本とした『錦繍』が向かう道程も、やはりそうした「人間の魂」の探索へと向けられてゆくのではないか。

さらに『錦繍』執筆後、水上氏との対談(2)でも再び『貧しき人々』を取り上げ、次のように語っている。

ドストエフスキーの書簡体小説『貧しき人びと』を読み返したのです。かつては、非常に脂っこくて、無駄の多い作品だと思ったのですが、読みすすむうちに、手紙としてこの小説を書いているかぎりは、彼はこう書かざるをえなかった、充分承知して書いたのだ、と理解できました。

「手紙としてこの小説を書いているかぎりは、彼はこう書かざるをえなかった、充分承知して書いたのだ」との『貧しき人々』への感想は、同じく「手紙」の形式に則って『錦繍』を書いた宮本輝の自作に対する内心の声でもあろう。書簡体の多難さを充分に知りながらも、書簡体にこだわる思いを、『貧しき人々』から受け渡されたのだ。

『貧しき人々』のジェーヴシキンとワルワラの往復書簡では、互いに自己の陥っている閉塞状況や脱出願望が綴られ、取り交わされている。告白し合ううちに、自らの心の奥ひだを見つめ直し、「自己反省」し、それを通して「人間回復[5]」してゆく。手紙を交わすとは「自分の心を深くめぐらせる回心の時間[2]」(水上氏言)が来され、そこから自らの意思を確認する作業に他ならない。「同苦」、「演歌」とは本来、自己内部の生の時間において熟成させ、発酵させ、仕上げなければ、表現も理解もできはしないものである。『錦繍』の手紙文という構想は、〈生の回復と再生、自己変革〉との綿密な企図のもとに打ち出された手段と言える。

三　標題『錦繍』と紅葉

本文の冒頭で「錦繍」と作者の運命的な出会いについて触れたが、もう一つ肝要なエピソードが『命の器』(4)所収の「錦繍の日々」で綴られている。

そして私はビールの入ったコップを手に持ったまま、そのどこか寒々とした風景の一角にふと目をとめた。田圃のはずれ、小さな神社があるとおぼしき杜《もり》の中に、それ程大きくもなさそうなもみじの木が一本、赤く燃えていたからだった。私はそのとき、これまで無数の赤という色を見てきたが、こんなにも凄然《せいぜん》な、しかもこんなにも寂寥《せきりよう》とした赤は見たことがないような気がして、黙念とそのどこかうらぶれたたたずまいの食堂の汚い椅子《いす》に坐り込み、いつまでもそこに目をやっていた。何にもない虚無に近い風景の中で、たった一本きりのもみじが紅葉している。それもなんと烈しく紅葉していることだろう。その思いは、次第に私を鼓舞《こぶ》してきた。自分にも何かが成し遂《と》げられそうな気がしてきたのであった。

これは筆者が二十三歳のころ、仕事で立ち寄った奈良の晩秋の夕暮れどきにたまたま出会った光景である。そのころ氏は、後に発病した結核が既に萌芽していたらしく、日夜絶え間のない倦怠感に襲われていた。その重苦しさから人生の転換を図りたいとの願望が萌《きざ》しつつあったと言う。

その四年後、作家として出発し始めた氏は結核による喀血に見舞われつつ、蔵王でもう一つのもみじと出会った。

そのゴンドラ・リフトの中から、私は何年か昔、奈良の地名も忘れた片いなかの食堂の窓の向こうに見えていたものと同じものに接したのである。しかし、それはあの一本きりの寂寥たる紅葉ではなく、樹齢を重ねた、生命力豊かなもみじの燃えであった。私はなぜかその瞬間、あの一本きりの寂寥たる紅葉と、この蔵王の、さまざまな朱色に燃える紅葉を、自分の中に同時に合わせ持っていることに気づいた。錦繡という言葉が心をよぎり、自分の生命もまた錦繍であるような思いにとらわれたのである。私はその自分の中に存在する錦繍を小説にしようと思った。（前略、蔵王のダリア園から、ドッコ沼へ登るゴンドラ・リフトの中で、まさかあなたと再会するなんて、本当に想像すら出来ないことでした）。この一節が何の脈絡もなく心に浮かんだ。その冒頭の一節を胸の内にしまい込んだまま、私はなんとか家に帰り着き、そして入院し療養生活に入ったのである。数年後、健康を恢復《かいふく》した私は、男と女の手紙のやりとりだけで終始する「錦繍」という小説を書きあげた。

この二つのもみじとの出会いによって、創作に向かって紅葉の内実は高められ、凝縮されていったのである。次のように付言している。

ことしもまた紅葉の季節がやって来た。だが紅葉は、私にとってはもはや植物の葉の単なる変色ではない。自分の命が、絶え間なく刻々と色変りしながら噴きあげている錦の炎である。美しい、と簡単に言ってしまえる自然現象などではない。それは私である。それは生命である。汚濁、野望、虚無、愛、憎悪、善意、悪意、そして限りなく清浄なものも隠し持つ、混沌《こんとん》とした私たちの生命である。どの時期、どの地、どの境遇を問わず、人々はみな錦繍の日々を生きている。

作者の胸中には、「一本きりの寂寥たる紅葉」、「樹齢を重ねた、生命力豊かな紅葉の燃え」、さらにはその先の心象風景の内での「汚濁、野望、虚無、愛、憎悪、善意、悪意」、「限りなく清浄なもの」を抱え持つ「混沌とした私たちの生命」の「絶え間なく刻々と色変わりしながら噴きあげている錦の炎」の紅葉、その三様の姿が横たわっていたと思われる。

物語でもこの三様が巧みに織り混ぜられて、冒頭部と結末部の亜紀の手紙で亜紀の心象と重ねられて、それぞれ一カ所挿入され描かれている。そのことは、この作品の主軸が勝沼亜紀の心の成長にあることを暗喩してもいる。

最初の場面は以下のようである。紅葉は、十年前に不倫心中事件を起こされた末に別れた元夫の有馬靖明と思いがけずゴンドラリフトの中で再会し、茫然自失の思いにさ迷っている亜紀の背景に燃えている。

こんどは、ゴンドラの中は私たち親子のふたりきりで、私はそこで改めて、まっ盛りの紅葉を目にしました。全山が紅葉しているのではなく、常緑樹や茶色の葉や、銀杏《いちょう》に似た金色の葉に混じって、真紅の繁みが断続的にゴンドラの両脇に流れ去って行くのでした。それゆえに、朱《あか》い葉はいっそう燃えたっているように思えました。何万種もの無尽の色彩の隙間から、ふわりふわりと大きな炎が噴きあがっているような思いに包まれて、私は声もなく、ただ黙って鬱蒼《うっそう》とした樹木の配色に見入っておりました。私はふと、何かしら恐ろしいものを見ている心持になっていました。私はそのとき、さまざまなことを考えていたような気がいたします。言葉にすれば、きっと何時間もかかってしまうことを、紅葉がまたひとつまたひとつと目の前をよぎって行くごとに、そのつかの間に、とめどなく絶え間なく考えつづけていたと申しましたら大袈裟《おおげさ》でございましょうか。また相変わらず夢みたいなことを言うと、あなたはお笑いになるでしょう。けれども、私はあの烈しい紅葉の色合いに酔ったまま、確かに、何かしら恐しいものを、しかもしんと静まった冷たい刃《やいば》に似たものを、樹木の中の炎に感じたのでございます。

ここでの紅葉のイメージは二極の対照的情念で覆われている。一方は烈しく噴き上げてくるような熱情があり、その一方では融けない氷塊のような冷たさがある。ともに常軌を逸した張りつめた心理状態が窺える。元夫との再会によって蘇ってきた過去の記憶が招いた亜紀の心の内の葛藤を象徴している。解決のつかないままに投げ出されていた過去への不充足な亜紀の思いが、紅葉という形象によって映し出されている。

さらにもう一つの紅葉は最後の七通目の手紙の内に以下のように描かれている。

私は背を向けて坐っている父のオリーブ色の背広を見つめました。清高と何やら話をしている勝沼の顔を思い浮かべました。私は喉《のど》のあたりに強い圧迫感を感じました。私はじっとしていられなくなりました。夕暮の道の、大きなお屋敷の門の陰で重なり合っていた勝沼と女子大生とのふたつの影、そう、実体ではなく影のようであった黒々とした映像が心をよぎりました。そしてこのとき、私は初めて勝沼に対して何か愛情に似たものを感じたのでございます。私は立ちあがって、あたり一面を包み込んでいる鬱蒼《うつそう》とした樹木を見渡しました。何百種もの朱色が、何百種もの黄色が、そして何百種もの緑色や茶色が、秋の陽の中で踊り騒ぐように動いているさまを見ながら、私は父に、勝沼と別れたいと言いました。勝沼を、天下晴れて、あの女性の夫に、三歳の女の子の父にしてさしあげましょう。もう結婚なんかしません。清高を一所懸命育てていきます。お父さん、私を助けて下さい。

この終わりの場面に至るまでの一年間、亜紀は靖明との手紙の往還を通して自己をもう一度見つめ直している。他を知ることで個としての自立と新たな生き方への決意をする。それぞれの人の心の痛みを受け止めることで、亜紀の心は「限りなく清浄な」人間の本然的境地へ向かっている。その成長への重要な副木《そえぎ》として紅葉は介在している。

つまり作家の原体験としての二様の紅葉「一本きりの寂寥たる紅葉」、「さまざまな朱色に燃える紅葉」に比喩される、ときに「孤絶、虚無、寂寥」、またときに、「憎悪、悪意、汚濁」、さらに「愛、清浄」、と様々に織りなされる人の混沌たる生命の象徴としての紅葉が、小説『錦繍』に練磨され昇華されていったと思われる。

このようにして標題「錦繍」は必然的に選び取られていったのである。

手紙は一月十六日の新年の仕事始め（新年の始まり）から晩秋の十一月十八日に終わる。手紙の内の時間は十月の中秋から晩秋へと移ってゆく秋から翌年の同じ季節、つまり一年間の物語である。すなわち、ひとたび晩秋の紅葉が炎となって燃え尽くし、堆肥となり、冬を越し、春を迎え、若葉が芽吹き、灼熱の夏を過ごし、再び紅葉の季節である秋と出会う。そして冬に向かう晩秋の季節に最後の手紙を認《したた》める。

手紙の中では、過去、現在、未来のときが交錯し、心が深く巡らされ、綾なされる。この秋から翌秋への時間設定は標題と亜紀の名（亜は循環、紀は時間）に籠められた思いの丈と合わさっている。木々は季節の循環の中で、四季や年月に応じ変化してゆくその装いを縫い取られ、実り、成長する。冬の試練、春の和らぎ、夏の苛烈さ、秋冷、木の成長にはそれらのどれ一つとして欠かせない。作品中の時間の流れはその伸長に要するときであるとともに、「春に向う縫い取りの時間」(2)（水上氏言）としての、始まりであり終わりでもある。一方で新たに織りなしてゆく季節の胎動（落ち葉が堆肥として木の滋養となり、より木を大きく育てる）として、もう一方で季節の終着をも象徴している「紅葉」の燃えは、さらに人間の「生命」という燃えが託されて、無尽の彩りを織りなしている。『錦繍』とは人生、生命、それらが綾なしてゆく物語である。

四　モーツァルト交響曲三十九番、四十番、四十一番と作品世界

『錦繍』ではもう一つ伏線としてモーツァルト交響曲三十九番、四十番、四十一番が配さ

れている。それは効果音というより、作品主題と密接に関わっている。

それぞれの曲の音楽上の評価はというと、三十九番は晴朗な歌と清澄な明るい響きに充ち溢れた無窮動《むきゅうどう》な音楽として知られている。四十番は俗に「疾走する悲しみ」と評され、高貴でペシミスティックな悲壮感が主旋律として奏でられている。しかしながらも時折、ほのかな明るさと壮麗な美しさを湛えた深みのある音色が挟まれる。四十一番はモーツァルトの中でも最も完成度の高い曲と言われている。輝かしい壮麗な調べに溢れ、意志的な力強さと端正な面持ちをしたシンフォニイである。〈ジュピター〉の愛称で呼ばれ、モーツァルト音楽の晩年の奇蹟と唱えられる華麗な曲である。よく行進曲などで耳にするポピュラーな曲でもあるが、先般、統一ドイツの祝典の記念式でも演奏された。祝典でのその四十一番の演奏には、予想されるいかなる困難をも乗り越えていくと誓う統一ドイツの意思と意志が世界中の聴衆の耳と心に鮮烈に響き渡った。世界に同時間に配信され、統一ドイツの強い決意が、同時に聴いた世界中の聴衆の胸を深く抉り強く打った。祝典のときまで曲名が秘されていた訳も、当然のこととして納得された。

さて、作品ではどうであろうか。まずは、『錦繍』の内での、それぞれの交響曲の配置順を確認したい。靖明と離婚後一年余りを経てなお、鬱屈した日々を送っていた亜紀が、気分転換にと勧められて訪れた喫茶店「モーツァルト」でその三曲を耳にする。亜紀の三通目の手紙にその出来事が記されている。最初の二曲はその番号がはっきりと示されている。四十一番、三十九番の順である。そして、四十番はその亜紀の同手紙の内で、二、三日して再訪した喫茶店「モーツァルト」で亜紀の初めて聞いた曲として挿入されている。シンフォニイ番号は示されてはいないが、亜紀に「悲しみと喜びの二つの共存」を思い浮かばせた調べから容易に四十番だと推察される。

以後、亜紀はその喫茶店に週に二、三回の割りで出かけていっては、モーツァルトのいろいろな曲を耳にする。

そしてさらに半年あまりを経た二月六日、突如、その喫茶店「モーツァルト」が火事に見舞われ焼失する。亜紀はその火事を見届けて帰った暁《あ》け方、自宅の寝室で三十九番のシンフォニイに耳を傾けながら、宇宙の不思議なからくり、人生の不思議なからくり、などといった感慨に耽《ふけ》る。

また時が移り、「桜の季節が終わり、さまざまな木の芽が芽ぶき始めた頃」、「モーツァルト」が再建される。再び訪れると、四十番の曲が流れている。

そしさらに十年の月日が経過する。靖明との往復書簡の筆を擱《お》き、新たな旅立ちを決意したとき、「この手紙を封筒に入れ、宛名を書いて切手を貼り終えたら、久し振りに、モーツァルトの三十九番シンフォニイに耳を傾けることにいたします」と告げて、物語が締めくくられる。

整理すると、物語で奏される順序は四十一番↓三十九番↓四十番↓三十九番↓四十番↓三十九番となる。

まずこの配置順序は、物語自体の旋律と深く関わっていると思われる。これらのモーツァルトの交響曲は亜紀の側でのみ流れる。靖明の手紙には描かれていない。すなわちそのことは、この物語の主軸が亜紀側により傾けられて描かれていることを意味しよう。

冒頭の四十一番とそれに続く三十九番は、物語の収束方向を示しているのではないか。冒頭とは通常、物語の主題が提示される部分である。とするなら、まず最初に四十一番を配した作家の胸中には、生きることの苦しみを幾層にも味わった後、終盤においてこれからの人生に断固たる力強い意思を持って歩んでゆく亜紀の姿が思い浮かべられていたのではなかろうか。

続く三十九番はどんな役割を背負っているのであろうか。まず亜紀が初めて訪れた喫茶店「モーツァルト」の店内の二番目に聴いた曲として置かれている。さらにその半年後、喫茶店「モーツァルト」の焼失を見届けて帰った暁け方、自分の寝室で聴く。そして亜紀が靖明への手紙の筆を擱く物語の結びで聴く。合計三カ所流れている。三曲のシンフォニイのうちで、一番多く流されている。しかも、物語の転換点の要所要所で流されてもいる。亜紀が最も好きな曲でもある。その人が好む曲とはその人の内面の本質を表すものである。その旋律は晴朗な歌と清澄な明るい響きで組まれている。すなわち亜紀が本来持っている穏やかで明るい性質を示唆する。澄み渡る悠久な楽曲は、人生、命、宇宙といった無窮動な瞑想を亜紀の心の内に喚起させる。その楽曲の内にある優しみの眼差しは、亜紀の心の内に副旋律となって寄り添い、やがて終盤で「命そのもの」の営みを継承し紡いでゆこうとする亜紀の静かながらも明るい決意へと繋がってゆく。

冒頭で最初に流れる、断固たる決意を奏する四十一番に、他に対する優しみの深い眼差しの曲調である三十九番がたおやかに寄り添い、物語がどんな困難にも明るく自らの意思で生きていく結びへと誘われてゆくことを予知させている。

その後に挟まれる四十番の交響曲はどうか。亜紀の辿ってきた人生と響き合っている。「疾走する悲しみ」と称されたこのシンフォニイのト短調のペシミスティックで透明な美しい旋律は、亜紀自身が辿ってきた波乱の人生の悲しみや苦悩をも仄《ほの》めかせている。と同時に、その旋律に時折差し込んでくる優しく明るい調べが、亜紀の昇華されてゆく人生の希望の光をも静謐に奏でている。

その曲調は靖明との結婚、突然の心中事件、離婚、勝沼との再婚、そしてその勝沼の不倫など、亜紀が口にする「悲しみと喜びの二つの共存」と連動する。

先に四十一番と三十九番の後に、店内に流れていた曲は、その曲調と状況から四十番だとの推察をした。喫茶店内では一人の青年がモーツァルトの曲に聴き入っている。亜紀はその姿に「何か巨大な物に祈りを捧げているような」もしくは「とても恐しい人に叱られて全身で懺悔しているような」雰囲気を感じ取る。ふと「死」という言葉が亜紀の胸を過《よぎ》る。その文字が胸に付着したまま、さらに曲に耳を傾けているうちに、「たとえようもないくらい美しい妙《たえ》なる調べ」と「どうしようもなくはかない世界を暗示する不可思議な調べ」が、曲の内に同時に組成されていることに気づく。そのモーツァルト曲の烈しい「悲しみと喜びの二つの共存」という奇蹟に亜紀は思いを馳せる。そして店主にモーツァルトの音楽の奇蹟について尋ねられるままに、思わず「生きていることと、死んでいることとは、もしかしたら同じことかもしれへん。そんな大きな不思議なものをモーツァルトの優しい音楽が表現してるような気がしましたの」と口走る。そのように描写されている。それはまさに四十番の曲調である。

この亜紀自身も思いも及ばなかった言葉が、その後の焼失後に再建した喫茶店「モーツァルト」で、再び四十番のシンフォニイを聞いた後の再婚話とその後の夫勝沼の不貞、靖明とその心中相手の瀬尾由加子などに対する追憶へと、禍福が糾《あざな》える縄のごとく動き出す。そしてさらに、亜紀の人生、靖明の人生、不思議な命の体験、さらに発展して人の命そのもの、さらにその上に君臨している宇宙の法則へと亜紀が心を巡らせてゆく端緒となる。すなわち、四十番交響曲は亜紀の心の内に眠っていた喜びと悲しみの記憶、人生を引き出し、交錯、錯綜させながらも、その上を取り囲んでいる命そのものや宇宙の法則といった域まで協奏させている。それはつまるところ「悲しみと喜びの二つの共存」する人間の生の実態と意義を問うことへと向かっている。そのことを読者の胸にくっきりと印象づけるために、最初に四十番が流れる場面では敢えて曲番号を伏せたのではないかとも察せられる。亜紀のみならず、おおよその人の人生も然《しか》りだと告知するためにも。

このモーツァルト交響曲三十九番、四十番、四十一番を作品中に置いた動機と意図とは何か。

それは小林秀雄の評論『モオツァルト』[6]である。『錦繍』執筆前後、宮本は二度小林秀雄の評論『モオツァルト』内の言葉について触れている。エッセー『命の器』[4]所収の「命の力」と「潮音風声」両者においてである。以下のようにある。

小林秀雄氏は、ある評論の中で次のように書いている。「命の力には、外的偶然をやがて内的必然と観ずる能力が備はつてゐるものだ。この思想は宗教的である」と。私はこの小林氏の言葉を、いま信じることが出来る。肉体の力でもなく、精神の力でもない。まさしく命の力なのであって、それは「感じる」のではなく「観じる」のである。

「命の力には、外的偶然をやがて内的必然と観ずる能力が備はつてゐるものだ。この思想は宗教的である」。これは小林秀雄の「モオツァルト」の中の一節である。どんな不幸をも内的必然と観じ、それと闘わしめる哲学を、そろそろ人は求め始めるのではないだろうか。

この繰り返し語られる言葉「外的偶然をやがて内的必然と観ずる」との思念は、まさに亜紀の生き様の軌跡である。「観じる」とは「悟る」ことを意味する。また、作品全体を支えている「命の力」に他ならない。この言葉を基底として、三十九番、四十番、四十一番の交響曲が必然的に選択されたと考えられる。

ちなみに小林秀雄は評論『モオツァルト』(6)で三十九番、四十一番について以下のように評している。

> 捕えたばかりの小鳥の、野生のままの言いようもなく不安定な美しい命を、籠のなかでどういう具合に見事に生かすか、というところに、彼の全努力は集中されているように見える。生まれたばかりの不安定な主題は、不安に堪えきれず動こうとする、まるで己れを明らかにしたいと希う心の動きに似ている。(中略)耳が一つのものを、しっかり捕えきらぬうちに、新しいものが鳴る、また、新しいものが現われる、と思う間には僕らの心は、はやこの運動に捕えられ、どこへとも知らず、空とか海とかなんの手がかりもない所を横切って攫《さら》われてゆく。僕らは、もはや自分らの魂の他何一つ持ってはいない。あの tristesse が現われる。――

tristesse allante――モオツァルトの主題を形容しようとして、こういう互いに矛盾する二重の観念を同時に思い浮かべるのは、きわめて自然なように思われる。あるものは残酷な優しさであり、あるものはまじめくさった諧謔《かいぎやく》である、というふうなものだ。ベエトオヴェンは、好んで、対立する観念を現わす二つの主題を選び、作品構成の上で、強烈な力感を表現したが、その点ではモオツァルトの力学は、はるかに自然であり、そのゆえに隠れていると言えよう。一つの主題自身が、まさに破れんとする平衡の上に慄えている。（中略）明澄な意志と敬虔な愛情とのユニッソン、極度の注意力が、果てしない優しさに溶けて流れる。この手法の簡潔さの限度に現われる表情の豊かさをたどるためには、耳を持っているだけでは足りぬ。これはほとんど祈りであるが、もし明らかな良心を持って、千万無量の想いを託するとするなら、おそらくこんな音楽しかあるまい、僕はそんなことを想う。

ここに述べられていることは『錦繍』の内でのモーツァルト曲の意味と深く連関している。接近し、折り重ねられていると言っても過言ではない。小林の語るモーツァルトの交響曲三十九、四十一番に籠められている「祈り」は『錦繍』世界の「祈り」に受け継がれている。それは「外的偶然をやがて内的必然と観ずる」亜紀の姿へと連ねられる。その「外的偶然をやがて内的必然と観ずる」人間の生の軌跡は、亜紀のみならず読み手の側の生にもまた無窮に奏でられ継がれてゆく。生の深淵さを告げながら物語は締めくくられる。

六 『錦繍』世界の宇宙論と生命論

筆者は芥川賞受賞の新進作家として絶頂期の最中、友人との長年の約束を果たすべく訪れた蔵王で大喀血する。生命の危機に脅かされつつも、凄まじいばかりに煌《きら》めいている満天の星々を声を呑む思いで振り仰ぎ見たと追想している。そのことが『錦繍』の宇宙論、生命論のきっかけとなっている。星々を凝視する胸奥に「宇宙と自分とが間違いなくどこかで深くつながっているのだ(2)」との確信が湧き上がってきたと回想している。さらに翌朝、それとは別な凄然に燃え盛った「紅葉」を目にし、「錦繍」の二文字が脳裏を過《よぎ》ったとも語っている。そしてそれら「血を吐いて死ぬかもしれないという気持」、「星の凄さ」、「錦繍という言葉」が混然一体となって、「その二日間に目にした」それら満天の星や紅葉の光景と「人間が心の中に抱いているもの、生命が綾なすさまざまな心象」とが「私の中でつながった」と述懐している。(2)

作品はそれを受けて、宇宙、錦繍、生命とが連鎖して綴られている。冒頭、まず、それらは蔵王で元夫の靖明と十年ぶりに突如再会した勝沼亜紀の心と生に仮託される。偶然、元夫の有馬靖明と乗り合わせてしまった昼間のダリア園からドッコ沼に登るゴンドラ・リフトの両脇の窓越しの山々には、紅葉が「冷たい刃に似た」、「大きな炎」と化して亜紀の心に燃え立つ。夜、亜紀は宿から再び登った夜のダリア園の夜空に無数の「星々の果てしない拡がり」が「寂し」さを秘めて輝くのを見る。この二つの「紅葉」と「星」の形象物は、一人の人間の中に同時にある二つの生の明暗、すなわち命の情熱と命の孤独とを巧みに比喩している。それらは「喜び」と「悲しみ」が共存するモーツァルト交響曲に引き継がれ、「生きていることと、死んでいることとは、もしかしたら同じことかもしれへん」との亜紀の胸の内に、人の生における対立概念の同時併存の感慨となって継がれてゆく。

さらにその亜紀の呟きは、靖明の心をも突き動かしてゆく。まずは、亜紀との再会の夜、亜紀が星を眺めていたちょうど同じ刻限のころ、ドッコ沼の山小屋で靖明は一匹の猫が鼠を殺戮《さつりく》する場面に遭遇する。そのことで過去に引き起こした心中事件の記憶に引き戻されてゆく。

目の前の猫鼠の闘いに、「猫も鼠も、他の何物でもない、この俺自身ではないか」と思い当たる。心中の夜、「自分の生命が孕《はら》んでいる無数の心というものの中で、ふいに生じたり、ふいに滅したりしている猫と鼠を見たのだ」、「俺はあの日、死の世界に漂って、確かに自分の命というものを見た筈ではなかったか」と思い起こす。さらに死にゆく自分を見つめながら見た光景とは、「自分の成した、いや成さずとも心に抱いた、それら悪と善の清算を強いられ、気が狂う程の苦悩と寂寥感と、得体の知れない悔恨に責めさいなまれ」ている「もうひとつの自分」の姿であったと告げる。さらにその「もうひとつの自分」とは、「霊魂などといった曖昧な化物」ではなく、たとえその存在が姿を消したとしても、「自分の背負い込んだ悪と善に包まれながら、決して消滅することなくつづいて行く」「命そのもの」だと語る。

ここで過去へと遡り、無理心中を図り自ら命を絶った由加子との因縁について確認したい。靖明はその繋がりを「業」あるいは「どうにも抗うことの出来ない罠」との言葉で譬える。靖明は中学生のとき、両親と死別し親戚の緒方夫妻の養子となるべく東舞鶴に降り立つ。靖明はその地に「心が縮んでいくような烈しい寂寥感」を嗅ぎ取る。それは靖明の心の風景に他ならない。そしてその地で出会った由加子も同じような「寂寥感」を発散していた。それが由加子への接近の誘因となってゆく。すなわち由加子とはもう一人の靖明に他ならない。靖明自身の孤影の投影である。

作者は人と人との出会いについて『命の器』(4)内の「命の器」で次のように語っている。

運の悪い人は、運の悪い人と出会ってつながり合っていく。やくざのもとにはやくざが集まり、へんくつな人はへんくつな人と親しんでいく。心根の清らかな人は心根の清らかな人と、山師は山師と出会い、そしてつながり合っていく。じつに不思議なことだと思う。〝類は友を呼ぶ〟ということわざが含んでいるものより、もっと奥深い法則が、人と人との出会いをつくりだしているとしか思えない。

(中略)彼と彼女は、目に見えぬその人間としての基底部に、同じものを有しているのである。それは性癖であったり、仏教的な言葉を使えば、宿命とか宿業であったりする。(中略)抗《あらが》っても抗っても、自分という人間の核を成すものを共有している人間とし か結びついていかない。その恐さ、その不思議さ。私は最近、やっとこの人間世界に存在する数ある法則の中のひとつに気づいた。「出会い」とは、決して偶然ではないのだ。(中略)どんな人と出会うかは、その人の命の器次第なのだ。

「出会い」は必然だと断じる。日頃、私たちは「出会い」は偶然の所産だと考えている。巡り合わせの良さ・悪さ、運・不運などと往々に口にしている言葉がそれを物語っている。「自分」という核が「出会い」を招いているとの自覚は希薄である。しかしながら、右のように言われてみればそれはそれで頷ける。私たちはよく相性が合う、合わないと言う。人は自分に近いもの、欲するものを無意識にも恣意的に求めている。だとすれば確かに「出会い」とは「その人の命の器次第」なのかもしれない。

「運命」だと決めつけているのではない。問題なのは「出会い」の必然の法則を私たちが知らない、無自覚だということである。それを知らないということは、ひいては自分を知らないということである。「出会い」の相手とは自分そのものなのである。この必然の法則を知らなければ、人は一生自らを知らずに終わる。知った上でなければ、本当の自己変革は起こらない。

靖明は否応なくそのことを知らされた存在である。なぜならば、命の根源に降り立ち、自己存在の核である「命そのもの」を熟視したからである。由加子との心中事件により、一対の男女の情死、亜紀との離別、靖明の転落といった現実の瑣末《さまつ》を超えた「もっと大きな何ものかが始まって行った」と靖明は口を継ぐ。「何ものか」とは何か。それを解く鍵は、その後、靖明が同棲した令子の口から語られる祖母の話に象徴化されている。令子の祖母とその息子たちの「転生」、「自殺」、「再生」といった命にまつわる不可思議な寓話である。それらによって、すべての人間にとって「死」が終わりでなく、「命そのもの」へと連続、連携してゆく境界線に過ぎないことを暗に仄めかしている。

「命そのもの」とは具体的に何か。

まず少し遡って再確認するが、亜紀は蔵王のゴンドラ・リフト内で靖明と再会した夜、蔵王のダリア園で「宇宙」に「きらめ」く「星々」を見つめ、「なんと寂しかったこと」か、「星々の果てしない拡がりが、なんと途方もなく恐しく」との感慨を抱いた。その亜紀の星を見つめる眼差しは過去の靖明との幸福な日々の中、何の前触れもなく突然、降りかかってきた災難とも思える心中事件、そして心中に至った経緯もわからないまま離婚に至る、時が過ぎ、やがて周囲の勧めで再婚する、しかしながら、再婚した夫を愛せなかった、その夫は女子大生との間に子どもを設ける、知的ハンディを抱える清高を抱え、ただただ流れる日々のままに生きている、その人生の命の孤独を示している。すなわち亜紀が靖明との突然の再会の夜に見たその星の寂しみ恐ろしさは、心中事件から靖明との突然の再会に至る十年間、亜紀が心の内に抱いてきた人生の理不尽さの顕れでもある。

そして一方、その同時刻に、靖明は山上の山小屋内で窮鼠の闘いを見つめていた。それは靖明の胸の内に由加子との心中事件を思い起こさせる。かつての生死の境目に立った者として「猫も鼠も、他の何物でもない、この俺自身ではないかと」考える。「自分の生命が孕《はら》んでいる無数の心というものの中で、ふいに生じたり、ふいに滅したりしている猫と鼠」は「自分の命」だと感じる。そのことによって己の「生」を熟視する。そして心中事件で「死に行かんとしている自分を見つめている、もうひとつの自分」が「悪と善の清算を強いられ、気が狂う程の苦悩と寂寥感と、得体の知れない悔恨に責めさいなまれてい」る姿を思い起こす。そして「もう一つの自分」とは「私の肉体から離れた、私の命そのものだったのではないでしょうか」と亜紀への手紙で述べる。「命そのもの」とは、「俗に言う霊魂」といったものではなく、「あれこそまさに命というものの寤《うつつ》ではなかったろうかとさえ思える」と語る。「寤」は現在の字体では「現」である。現実・この世のことである。この「寤」の字義は「⑴さめる。めざめる。⑵ゆめ。⑶さとる。(悟る)⑷さかさ」(『大漢和辞典』縮刷版、大修館書店、一九七一年版)とある。

まず「命そのもの」の位置は生と死との狭間に置かれている。いわゆる臨死状態であるが、まだ「生」の側にある。「寤」＝現実の漢字がそれを証している。その内実は生きているときの「自分」の悪も善も苦悩も悔恨もあらゆるものを抱合した自分の「核」である。

しかしながら、生の〈現実〉を示唆するのに「寤」の字をなぜ用いたのか。そこに「命そのもの」の内に作家がさらに意図するものが籠められていたからではなかろうか。「寤」の「さとる（悟る）」の字義がそれである。現在使われている「現」にはない意味である。

蔵王から現在の住まいに帰った靖明は次の亜紀宛ての手紙で、現在同棲している令子の話を語る。令子の祖母の戦争で早世した三人の息子たちと一人の自殺した息子の話である。生前の祖母は令子に「私はもしかしたら、あの死んだ息子たちと、またどこかで逢えるかもしれない、いや、きっと逢えるに違いない。それも来世にではない、この今世に、またあの可愛い息子たちのうちの三人に逢えるだろう」と語っていた。令子は祖母の通夜の際、突如として「祖母がこの世で再び逢えるに違いない息子の数を四人と言わず、三人と言っていた意味」を理解する。祖母は「自殺した賢介という息子とだけは、決して逢えないと思っていたのだ」と解する。それは「自分で自分の命を絶った」との理由による。そして「じつは一番逢いたかった」、「最も愛《いと》しく、最も不憫《ふびん》な子として、祖母は賢介という子を生涯心の中で抱きしめつづけていたのではなかったろうか」と令子は見なす。その再会できない、自分で命を絶った一人の息子と祖母の話には、また人生の命の孤独が垣間見られる。そして令子は、首と胸に由加子との心中事件で負った傷跡を残す靖明に対しても、「うち、あんたが死んでしまいそうな気がするねん」と語る。これは祖母から自殺した息子の話を聞いた令子の直感を示すものであろう。靖明はそこから令子の靖明蘇生ビジョンに則り、令子発案の新企画の仕事に追いたてられて再生してゆく。

実のところ、靖明は心中事件以降、落ちぶれ果て、借金まみれとなった。その上に、心も凍結され、生きる気力さえ失いかけていたのだ。そして借金取りらしき男に追われる形で、蔵王に向かい、ゴンドラ・リフトのなかで亜紀と偶然、再会した。そして、再び戻った令子のもとで、靖明の心もとない生を危惧した令子主導の新生計画に基づいた仕事に追われる現在の日々にある。

靖明は亜紀からの手紙によって、亜紀の人生をも思い見る。「何とこの人生は、哀しみに満ちていることでしょう」と語りかける。この世での生は誰しも思いもかけない波乱、苦難、挫折に見舞われる。さらに「善」を成すことも「悪」に陥ることもある。「悔恨」もすれば「寂寥感」も味わう。やがて「すべての人間が、死を迎えるとき、それぞれがそれぞれの成した行為を見、それぞれの生き様による苦悩や安穏を引き継いで、それだけは消失することのない命だけとなって、宇宙という果てしない空間、始めも終わりもない時空の中」に「命そのもの」となって収斂《しゅうれん》してゆくことを靖明自身が真に悟る。「命そのもの」を「命というものの寤《うつつ》」と書き改めたのは、そうした作家の思いに則る。

靖明の名の「靖」は静かである、安らかであるの意である。明はその字義通り明るくの意である。旧姓の「星島」を加味すると、幾億年と瞬き続ける星の下、窮鼠の闘いに象徴される人の生の「命の孤独」を背負いつつも「命そのもの」に収斂してゆく人の生を静かに感知する存在と見なせる。亜紀の手紙を受け、「命そのもの」とは自身においても何かを突き詰めてゆく。靖明は幾億年と輝き続ける星に比し、たかだか百年にも満たない命しか有していない人の生の孤独と「命そのもの」を静謐《せいひつ》な思いの内に見つめる役を担っているのだと考えられる。

その靖明の心中事件の経緯と「命そのもの」についての話、現在、同棲する令子の話などが綴られた返信を受け、亜紀も自身の人生を見つめ直す存在として変化を遂げてゆく。

人のこの世での生は短い。しかもときに理不尽なものでもある。しかしながら「命そのもの」=自身の「核」に行きつくと考えるならば、「命」の持つ重みや尊さはより増すのではなかろうか。どんな命であれ、序列はつけられない。令子の祖母の話に出てくる戦争で早世した三人の息子たち、一人の自殺した息子の話は、この世で与えられた生を全うしきることが、たとえ、どんなに短い生であったとしても、命の証しとなることを暗喩している。靖明の「命そのもの」の話は、それを手紙で受けた亜紀自身の人生の再生を促す力ともなる。どんな人生であれ、ときに思いがけない禍に陥ることを知り得たからである。

靖明の名の担う「命そのもの」（命の孤独）は、亜紀の名が担う「命の連携」（錦繍→命の情熱）へと繋げられてゆく。そして亜紀は次世代の「命」の中に、「命の連携」、「命そのもの」を引き継ぐ思いに至る。

最終場面に至って、本作品は人間の「生」そのものを問いただしてゆく。

靖明が見た「命そのもの」とは「短いと言えば言える、長いと言えばまた長いとも言える人生を生きて行くための、最も力強い糧」だと展開されてゆく。人生は理不尽で不可解きわまりない。亜紀や靖明のみならず、誰しもが翻弄されながら生きている。しかしながら、生と死を超えて「命そのもの」へと連携していく生命の法則を知り得たならば、人生における「外的偶然」を「内的必然」と「観ずる」生き方を選択できるかもしれない。その上に作品意図に踏み込むならば、どれほどの幸福に恵まれても、「観ずる」ことのない人生であるならば、脆弱で「命そのもの」に行きつかぬままの人生であるということであろう。

発信人の亜紀はさらにその靖明の「命そのもの」の話を受け、自身と自己を取り巻く靖明、由加子、父、夫勝沼、我が子清高など、過去から現在までの起伏を顧み、「命」を見つめ直し、そこから自身の足で「みらい」に向かって踏み出してゆく決意をする。肩ひじ張った頑なな「未来」ではなく、やわらかでしなやかな「みらい」を見つめる。命そのものを引き継いでゆくその証しとして知的ハンディを負った清高を一人の自立し得る人間として育ててゆく決意をする。不思議な法則とからくりを秘めている宇宙の星の下の一隅で、晩秋の落ち葉が次の季節の糧となる季節を背景とし、明るく澄み切った音色を奏でる三十九番のモーツァルト交響曲に耳を傾けることを想い浮かべつつ、亜紀は筆を擱く。

作家はこの現実社会のあちこちにいそうな一人のお嬢さん亜紀の物語を通じ、この世の中の平凡な人々が「命そのもの」を見つめ、「偶然」を「必然」として「観じ」、それぞれが命の譜を自ら奏しながら自律的に生きてゆくことを願ってもいるのだと思われる。季節の循環の先に再び、試練が待ち受けていようとも、人の生とは「命そのもの」へと連携してゆくものであると観じながら、生への祈りと願いを籠めつつ作品は幕を閉じている。

（「燔祭」第三号、一九九三年三月、改稿）

注

（1）水上勉「宮本輝さんの仕事」、宮本輝『命の器』文庫版、講談社、一九八六年十月

（2）宮本輝・水上勉「対談　華やぎを縫い取る」、『錦繡』付録、新潮社、一九八二年三月
（3）黒井千次「解説」、『錦繡』文庫版、新潮社、一九八五年五月
（4）宮本輝『命の器』文庫版、講談社、一九八六年十月
（5）ドストエフスキー著／木村浩訳『貧しき人びと』あとがき、新潮文庫、一九六九年六月
（6）小林秀雄『モオツァルト』角川文庫、一九九〇年三月

『龍の棲む家』の在り処《か》

玄侑宗久『龍の棲む家』◆文藝春秋、二〇〇七年十月（文春文庫、二〇一〇年五月）

一　家族の物語

『龍の棲む家』は、平成十九（二〇〇七）年十月、文藝春秋から刊行された。今まさに現代社会が直面している課題の一つである〈老い〉と〈介護〉をテーマとしている。

この物語の意図を解くキーワードは二つある。

まずその一つが舞台と登場人物の呼称にある。その舞台、龍が淵公園を中心とする町は、実際の地図上には存在しない。架空の町である。登場人物たちは、ほぼ一貫して姓ではなく、名前で呼ばれる。「父」は名前ではなく、「お父さん」と呼ばれる。その名前はどこにも見当たらない。

なぜなのか。急速な長寿社会下にある現在、〈介護〉は最重要課題の一つである。そこから架空の町、登場人物の名での呼称、「父」の呼び名に籠めた作家の意図が自ずと浮かび上がってくる。すなわちそれらは現在、全国津々浦々のどの町でも、どの家族にも、置き換え可能な装置となる。現代の家族の物語がそこにある。

しかも、「父」が名ではなく「父」として置かれていることで、横軸の場にだけでなく、近未来の縦軸の時間にもこの家族の物語の視線が向けられていることがわかる。「父」での呼称、それは〈介護〉問題が緊迫する未来をも射程として、〈家族〉という軸がこの物語に据えられていることを証している。

〈家族〉の枠組みを定めたのはなぜか。他の生物と違い、私たち人間は良くも悪くも「家族」という枷《かせ》を負った生にあるからではないか。人の一生の認知は、「家族」という仕組みにおいて果たされる役割が大である。〈介護〉はそれを最も象徴する事象である。

作者玄侑宗久氏は作品について「呆けてしまった父親のために仕事をやめて戻って来た次男、そこになぜか現れた女の人が一緒に住み始めるという家族の話（『龍の棲む家』文藝春秋／二〇〇七）です。いずれも、普通の家族が解体してしまったあとの物語かもしれません」[1]と解説している。

「普通の家族の解体」、まさにそれは核家族化が極まった現代社会の姿そのものである。物語はそこから始まる。

龍が峰の三つの峰は独立しながら絡み合い、濃い影をつくる。幹夫にはそれがまるで自分たち三人のように見えた。中央で注連縄を巻かれた峰が父、そして幹夫と佳代子は両側で派手なネクタイを締め、仲良く気まぐれな神に随伴し、虚空を見詰めながら同じ舞台に鎮座している……。

小説は「父」と「幹夫」とヘルパー「佳代子」が中心となる家族の物語として始まる。三人はなぜ「家族」として見なされるのか。その手がかりは三人の今の状況にある。幹夫と佳代子の今は、

「もともと持ってた珠って、何なんでしょう」

佳代子が空を見上げて訊き、幹夫はふと浮かんだ言葉を空に放りだした。

「団欒、でしょうかね」

「団欒……」

「……どこで失くしてしまったんだろう」

不用意な沈黙が訪れたとき、水音をよぎる音に振り向くと犬が稲荷神社のほうへ走っていくところだった。

「あの犬、首輪はしてましたけど、家はないんでしょうか」
「……俺みたいなもんだ」
「今の私には、首輪もないですよ」
幹夫は佳代子との間になにかが通じた気がした。

幹夫は都会で仕事も結婚も挫折し、隣り町で独り喫茶店を営む。佳代子はこの町の老人ホームでの事故がトラウマとなり、仕事を辞め、鬱をも発症した。さらに、わかってもらえず、離婚をした。ともに今、「首輪」のない状態にある。父はどうか。痴呆症の父の心は常に、福祉課長だった時代の「有給休暇の最後の一日」にある。家も家族も失い自殺した男の身元引受人として、翌朝火葬場に赴かねばならない時空に父の心は凍結されている。絶えず男の事後処理に心を痛め、懊悩《おうのう》している。

すなわち、三者は今それぞれ欠落感や不安定な心性を負って生きている。三人が「同じ舞台に鎮座」しているのは、「団欒」を失い、解体された家族の一人だからである。現代社会の我々そのものである。

他にも現代社会の家族が抱える特有の問題が物語に横たわる。一家は先に母が亡くなり隣家で父の面倒を見ていた兄嫁も病死している。兄一人では父の面倒は見られない。兄の娘は都会で男と同棲している。家族の誰が父の面倒を見るのか、また見るにしても今後どのようになってゆくのか、はっきりとしない。現代の家族の憂き目が目の前にある。誰しもがその危機に晒されている。

なかでも三者はその典型である。龍が淵公園で首輪をした家犬かと思われる犬が三人の周辺に常時現れ、うろつき、纏わりつくのも、この三人の家族解体状況を示唆している。「幹夫は佳代子との間になにかが通じた気がした」と感じ、将来、家族となる可能性が仄めかされることは偶然ではない。「父」が「佳代子」を兄嫁と間違え、「いい嫁さんだな」と言うのも、勘違いによる偶然ではない。三者を家族と見なす必然性は、それぞれの心の内に存する〈欠損・欠落・不足〉による。

現代の家族は核家族化、離散、多忙化で解体が著しい。個人個人がその心に人知れず悩みを抱えていても、家族にすら見過ごされている場合も多い。この物語はそうした現代家族そのものである。

家族の物語の主要な枠として〈介護〉を設定したのはなぜか。その一は介護が現代〈家族〉の緊喫な課題であるからだ。二にはそれを前提に〈介護〉はひとたび解体した家族を再び結ぶ機能を内在しているからだ。〈介護〉を通じ家族相互が向き合い、互いを見つめ直す。家族の再生手段として機能する。最後にさらに三として、各々の〈人〉としての一生に思いを馳せさせる有効な手段ともなるからだ。介護は人の〈生〉の意味を認知させる最後の手段でもある。

この小説は下の名での呼称と「父」の呼称で、場（横）と時空（縦）を超え、現代から未来へと向かう〈家族〉の物語として投げかけられている。さらには〈人の生の在り処《か》〉を問う物語としても、企図されている。

二 「奥山」

さらに物語を読み解くに重要なキーワードが、作中に二カ所記される父・幹夫・兄の哲夫の一家の姓「奥山」である。その姓が墓石に刻まれていることが、小説の目論《もくろ》みを如実に告げる。その墓の刻印からは、「いろは歌」の「うゐのおくやま（有為の奥山）けふこえて」が脳裏を掠める。「いろは歌」は無常偈《むじょうげ》と呼ばれ、涅槃経《ねはんぎょう》（釈迦入滅の折の弟子たちへの諭し）とも呼ばれる釈迦の諭しの翻案である。(参照1)「うゐのおくやま（有為の奥山）」＝〈諸行無常〉の諭

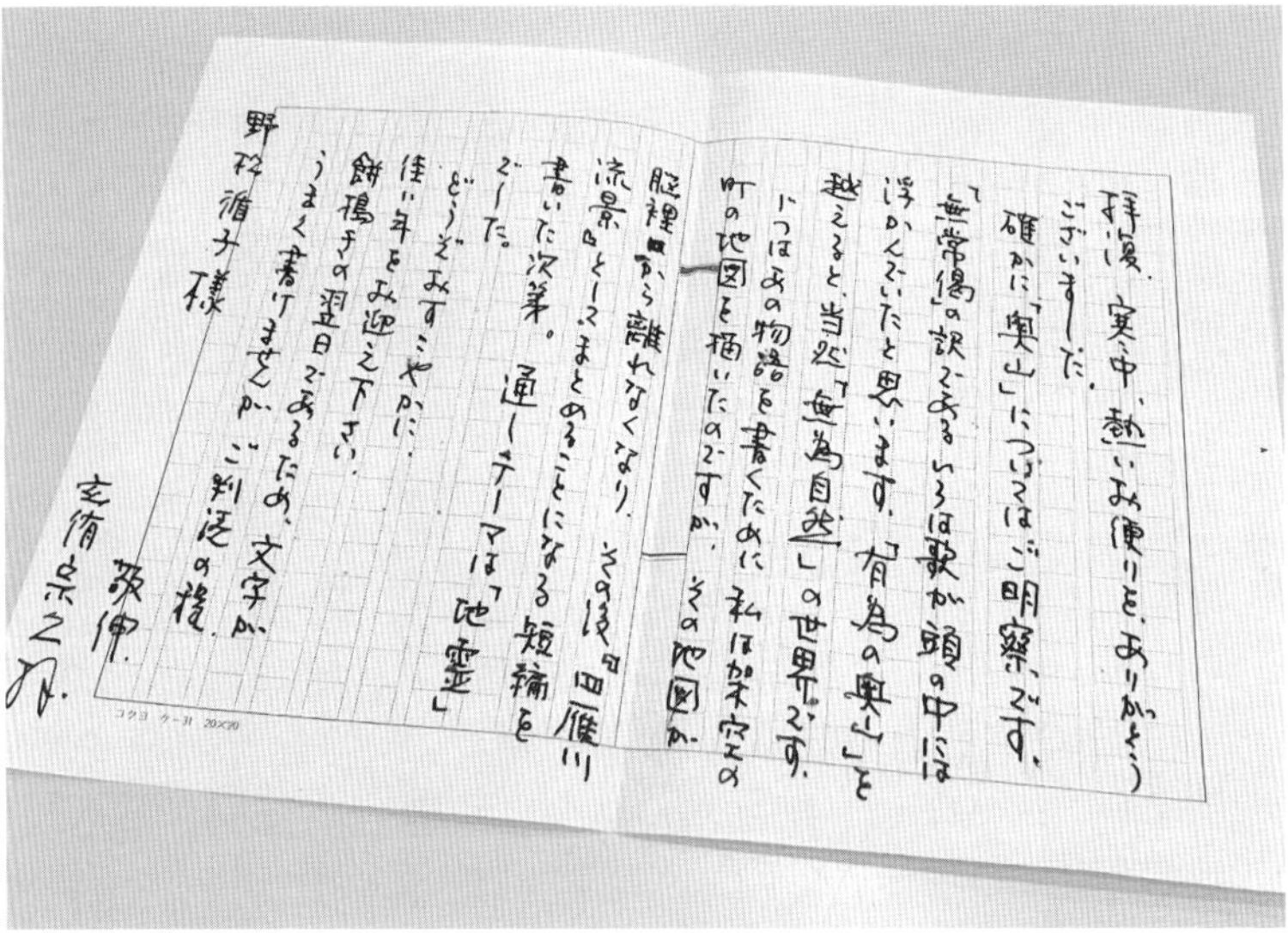

拝復、寒中、熱いお便りと、ありがとうございました。

確かに「奥山」についてはご明察です。

「無常偈」の訳であるいろは歌が頭の中には浮かんでいたと思います。「有為の奥山」を越えると、当然「無為自然」の世界です。

じつはあの物語を書くために私は架空の町の地図を描いたのですが、その地図が脳裡から離れなくなり、その後『四雁川流景』としてまとめることになる短編を書いた次第。通しテーマは「地霊」でした。

どうぞ、みすこやかに、佳い年をお迎え下さい。

餅搗きの翌日であるため、文字がうまく書けませんが、ご判読の程。

敬具。

玄侑宗久
野村循子様

玄侑宗久氏の書簡（2017年12月29日消印）

してある。その向こう側に禅の精神〈無為自然〉を予知させる。作者玄侑宗久氏に手紙にてこの流れをお尋ねした。「明察です」とのお返事[2]を賜った。すなわち、本物語には「うゐのおくやま」→「諸行無常」→「無為自然」の眼《まなざし》が注がれていると考えられる。

しかも、この仕立ては単にこの世の無常さと向こう側の「無為自然」（久遠）の対比を告げるものではない。この節でその思いを明らかにしてゆきたい。

最初に意味を確認する。「うゐのおくやま」とはこの世の生滅する現象世界である。常なるものはないとの意味である。

では、その現世の「うゐ」の生はどうなのか。様々な煩悩に囚われてある。作品ではその煩悩を表す言葉が飛び交っている。代表的なものに、

Ⅰ　心の状態　①鬱、②無意識

Ⅱ　人生　①玩具箱、②時間（今・過去・未来）

などがある。列挙する。

①鬱

父に連れ添って共に徘徊するような気鬱な日々にあっては、今や佳代子だけが救い主のようだった。

「ほかの病気はたいてい同情してもらえるのに、鬱もそうですけど、この病気って本人があまり同情されないでしょう。それがつらいですよ。（以下略）」

「玩具箱のなかを何度も引っかき回してるだけで、すこしも遊べないのが鬱かもしれませんね。これはつらいですけど、お父さんはもっと意欲的だし、大丈夫ですよ」

父の後ろを歩きつづけていると、自分が鬱になっていくようにも思えた。思えば幹夫のほうが、曲がりなりにも自分の意志で歩いている父より遊べていないのかもしれなかった。

佳代子は夫からですら理解されない「鬱」を患った過去がある。幹夫は痴呆症で徘徊する父の後をつき従って歩く先の見えない日々の中、「気鬱」に陥っている。ともに今、重苦しい胸中を抱え、さ迷っている。

②無意識

佳代子が財布を盗ったと妄想したとき、父には無意識に介護されている意識があるのだと佳代子に教わった。そのような意識を幹夫には無意識に持つまいとしているのだろうか、(以下略)

幹夫の無意識の卵に罅《ひび》がはいるようにちょうど出かけることを思い立ったその日、父の無意識も炸裂するように弾けたことを思うと不思議で仕方がない。きっと幹夫のどこかに溜まりつづけていた憂愁や不自由と同じものが、父の無意識にも澱《おり》のように溜まっていたのではないだろうか……。

「薬も飲んでたんですか」

「ええ。……ほんというと、去年も何度か飲みました」

指で押さえているせいで、籠もった声だった。口が話そうとするのを手が無意識に抑えているようにも見えた。

父も幹夫も佳代子も無意識のうちにすら思い悩みを抱えている。

Ⅱ　人生

①玩具箱、②時間（今・過去・未来）

「徘徊してるときって、玩具箱のなかに落ちてしまったようなものだと思いますよ。（中略）中は暗いし全体が見えないから誰でも不安でしょう。きっと私たちは、玩具箱の縁を歩いてるだけなんですよ。（中略）いろんな玩具を、いろんな時間を、時に応じて憶いだしながら、私たちは一応『今』というその箱の縁を細々と歩いてる。（中略）」

過去はそれほどばらばらなものなのか……。また「今」というのは、箱の縁ほど危ういものなのか……。（中略）そしていつしか細々と歩いてるという佳代子の「今」を思い遣《や》っていた。

「ああ、あなたも来てくれて、本当に助かった」

まったく知らない時空からそう呟くと、父はまもなく幹夫の背中で静かな寝息をたてはじめた。

いったい父はどんな時間にいて、誰におんぶしてもらっているつもりなのか……。玩具箱の中は思いのほか深い。

きっと佳代子には「やり残し」に対する深い思いがあるのだろう。（中略）

「それに、過去のやり残しにこだわってたら、今のやり残しがどんどん増えちゃうしね」

「……今のやり残し」

「ええ」

佳代子は父の目線を追うように龍が峰を見遣ったが、幹夫はすかさずその横顔に続けた。（中略）

佳代子の細い首が張りつめていた。幹夫が話した「今のやり残し」をするまいと張りつめているような気がした。

私たちの「過去」は「玩具箱」の中の玩具のように「ばらばら」で、「今」は「箱の縁ほど危うい」。人の生は儚い。

「時間」について作家は、

「有時」っていうのは「ある時」じゃなくて「存在と時間」と考えるべきだと思うんですが、要するに私たちの存在というのは時間というもの抜きには考えにくい。私という存在を認識することじたい常に時間の操作においてなされているということです。（中略）過去というのは現在の気分に見合った材料だけを拾い集めて描いた風景画のようなものです。むろん未来というのも、現在の気分で、過去の材料をもとにして描くわけです。

してみると、私たちが意識する「時間」というものは、仏教的に言うとすでに自己愛の元になる潜在意識、「マナ識」が勝手に作り上げた文脈に沿って括《くく》ったものなんですね。私はこれを、人間の最大で最後の煩悩だと思っています。最後の、というのは、死の間際までなくならない、という意味です。

と語る。(3) 人の「時間」の捉え方に「自己愛」と、最大で最後の煩悩を見ている。つまり、人の心は煩悩の時間に自縄自縛され、雁字搦《がんじがら》めとなり、そこから逃れ得ぬ性《さが》を有していると見る。

その最たるものが「鬱」である。「鬱」には「自分のなかに過去の時間が未完のものとして蓄積されている」、「『取り返しのつかない過去』がいっぱい詰まって」、「現在が過去に縛られている」と見なす。(4)「鬱」の線上に、「未完」の「やり残し」の「過去」の「時間」を見ている。

ではあるが、一方で筆者はその煩悩を見つめてゆくことこそが、また「無為自然」への脱出口となると述べている。「自らの内部の渾沌」に「向き合う」ことで「無為自然」に至ると語っている。その過程を経て思い込みから解放され、本当の自由と主体性を知り、「人間を超越するような能力」が「生じ」てくると述べる。煩悩と悪戦苦闘する結果、「無為自然」へと連なると説く。「人間であることを原動力にして、人間であることを超える」のだとする。

「一切をあるがままに受け容れる」融通無碍の心を獲得するのだと見る。(5)

「鬱」については、玄侑宗久氏と「老い」について対談した作家五木寛之も、「本来、鬱蒼たる樹林とか、鬱勃《うつぼつ》たる野心とか、鬱然たる大家とか、力のある表現」があり、「大きなため息をつくことで、人間は何ともいえない悲しみを乗り越えていく」前向きな力と見なす。(6)

飛躍するが、〈介護〉という、する側にもされる側にも労苦を要する事柄については、実はその意味づけが重要である。作品上で考えたい。

仏壇の横の壁には、むかし父の書いた色紙が額にいれて飾ってある。

君看双眼色
不語似無憂
(君看よや双眼の色　語らざれば憂い無きに似たり)

「良寛さんが好きだった言葉だが、出典はわからん」

父はたしかそう言っていた。仕事の愚痴は家に持ち込まない父の方針を表しているものと、幹夫は長いこと思ってきたが、そのときは違った意味に受け取れた。語らなくとも、憂いはあるのだ、と……。

この箇所は、父の心の奥底にある「憂い」に、息子の幹夫が初めて気づいた場面である。「父」を父親としてのみ見ていた幹夫が、個としての父の思いを初めて受け止めた瞬間である。それに伴って親子の絆が再び結び直され、家族として再生した瞬間でもある。

その親子の絆の再生のうちに、もう一歩先が密かに目論まれていたのではないか。この良寛の漢詩に先行するものとして白隠禅師の『槐安国語《かいあんこくご》』の漢詩がある。その漢詩と良寛の漢詩では一文字が異なっている。良寛の漢詩では「憂」であり、『槐安国語』では「愁」が用いられている。「愁」は辞書的な意味として情緒的なもの悲しさであり、「憂」は心配や不安、憂鬱な気持ちである。両者の微妙なニュアンスの違いを禅の専門家である作家が充分承知して、良寛の漢詩を採択したと思われる。すなわち、人には「憂い」は必ずある。生ある限り人は所詮「鬱」や「憂い」や過剰な悩みから逃れられない。そして物語ではその過剰な尽きぬ悩みや憂い＝煩悩こそが、「無為自然」へと繋がる役目を果たしている。「奥山」の姓もそこに通じている。

「誰にでも無限に通じる過剰がある」と、過剰さこそが無限に繋がると息子である幹夫の口を通じ繰り返し語られ、「父はなにかの欠損や不足に生きているというより、むしろ無限にちかい過剰のなかに漂っているように思えた」と捉えていることが何よりそれを証す（「無限」とは「無為自然」とほぼ同義）。父の「過剰さ」が「無為自然」へと通じることは、同様に思い悩みを抱え欠落感を抱く「過剰」な幹夫や佳代子がまた、「無為自然」へと通じていく道でもある。そこで「父」は「無為自然」の先人ともなる。

さらには父の徘徊は痴呆症としてではなく、「自由」な姿＝「無限」（無為自然に通じる）として幹夫の目に映る。「『無』になるとは、無限に繋がること……」なのでもある。これは根本的な人の生の救いとなる。

「有為の奥山」で喜怒哀楽と向き合い、精一杯生き抜くことが、「無為自然」への道程である。右の本文の箇所はその端緒となる場面である。

これらの根源には何があるのか。現代社会で固定観念となっている「個」＝自己存在という捉え方への疑義である。作家は〈自己〉について「もとより仏教では、あらかじめ存在する『自』など想定してはいない。尊ぶという思念のなかにいつしか『自』が立ち上がってくるのが『自尊』であり、『由る』という行為によってゆるゆると『自』が浮かび上がることこそ『自由』ではないか。自己とはこういうものだと、現在のように予め措定《そてい》することほど不自由なことはないのである[7]」と評している。「個」、「自我」を持って「自己」を規定し、「心」や「時間」に縛られるあり方への懐疑である。作家は「尊ぶ」という「思念」の中に「自」が立ち上って、「自尊」となり、「自」に「『由る』という行為によって」「自由」が生じると見る。

このことは重要である。「混沌」たる心や老いの現象を「自由」、「無限に近い」という「自尊」の眼で捉えられてこそ、人の生は誰しも根源的に救われる。痴呆症である父の生も救われる。ひいてはそれに続く存在も救われる。介護とは何かとの答えもここにある。心に悩みや欠落を抱えた三人が家族として位置づけられる理由も肯《うべな》える。「奥山」の姓の挿入も納得できる。息子の幹夫の一人称語りとして物語が進行するのも、頷ける。引き継ぐ者（自他一如）としての意味がそこには託されていることになるからだ。これらはまた、この世の無数の人の生へ引き継がれてゆくことをも意味する。

人は「欠損」や「過剰さ」を伴いつつ歩んでゆく中で、「無為自然」の世界が見渡せてくる。色即是空は空即是色として肯定される。「奥山」の姓はそのことを仄めかしている。三節、四節でそれをさらに明らかとしたい。

三　「懐う」、「聴く」、「芝居する」

家族と見なされる三者は、どのように向き合って「無為自然」へと繋がる入口を見出していったのか。それは①懐《おも》う、②聴く、③芝居する、との行為による。

まず①の「懐う」について、作家は四つの「おもう」の使い分けを多々行っている。この小説でも「懐う」以外、「思う」（一四六カ所）・「憶う」（三十六カ所）・「想う」（六カ所）が記されている。

四つの「おもう」の違いについて「禅では、『憶う』や『思う』という頭の使い方は、気を淀ませると考えます。また詰まった気は怒りを呼ぶものでしょう。ですから気を淀ませず、詰まらせず、『想う』とか『懐う』という言語脳を離れた脳の使い方を重視するのです。『懐う』というのは、世界ぜんたいを流動のまま抱きとめることかもしれません(8)」と語っている。

この小説では「懐う」ではなく「懐かしい」と表現されている。それなのに、どうしてそれを「懐う」と見なすのかというと、中国に「懐念」という語があり、その字義が「懐かしく思う」の意を表しているからである。中国語学科を専攻し、台湾への留学経験をも有する作家が充分承知して「懐かしい」との言葉を使ったと思われる。

小説の「懐かしい」の用例を挙げてみる。

なんともいえない懐かしい気配が小柄なからだから発散していた。柔らかな声の響きもくりくりよく動く眼も夏美さんに似ている気がした。

今の自分がまるで懐かしい過去への闖入者《ちんにゅうしゃ》のようだった。

頭を下げ、頼子の見慣れた足の指を見ると、懐かしさが込み上げた。

「友だちも俺も、関係なく怒るから凄かったぜ。なに考えてるんだぁって、友だちなんか、腰抜かさんばかりに部屋の隅で縮まってたよ」

懐かしそうにそんなことを語ったあとは（以下略）

「（略）やっぱりこの街で出直そうと思って、戻ってきてしまったんです。……この公園がなんだかとっても懐かしかった」

これらは、対象となるものをそのまま率直に心で受け止めている気配が察せられる。兄嫁に似た雰囲気を持つ佳代子に対する思いであったり、子どものころに遡る記憶への思いであったり、長年生活を共にした恋人への慕わしさであったり、龍が淵公園という癒しの場への思いであったりする。それらは各人物に心安らかさを醸し出させている。

次に②の「聴く」について玄侑氏はその著書で「仏教では『聴く』ことの能力だけで六道を越えるんだと規定しています。（中略）ただ相手の言葉に耳を傾けるわけですが、（中略）そして、聴かれることで、人は持ってる完全さ、人間としての輝きを取り戻すんじゃないでしょうか？[3]」と語っている。人は「聴く」ことで「六道」を超え、「聴かれる」ことで「持っている完全さ、人間としての輝きを取り戻す」と見る。

作品での用例を挙げると、

後に佳代子には、寄り添うことの第一歩は心をこめて聴くことだと教わったが、繰り返される話だけにそれは格別に難しいことだった。

話がとだえると、幹夫は空洞に響くような龍が淵の水音に聴き入った。

「（略）わざわざアパート探ししてまでどうしてここに戻ってきたのか自分でもわからないんですけど、こうして泉の音を聴いてたら、わからないってことが気持ちよくなってきました。（以下略）」

「聴く」ことは「寄り添うことの第一歩」であり、「聴く」ことで自己回復し、「聴かれる」ことで本来の自分を発揮する。まさにその言葉通り物語では「持ってる完全さ」や「人間としての輝き」を「取り戻」してゆく。

さらに③の「芝居する」については、玄侑氏は「こう言っちゃなんですが、子供は犬と一緒で、序列が安定していると安心するんですね。それがおそらく〈居場所〉ということだと思います。しかもそういう作業は、おそらく芝居だと思ってしたほうがいい。私は『龍の棲む家』という小説のなかで、痴呆老人を介護する人に必要な演劇性、しかも即興で応じる力の必要性を書きましたが、じつはこれが、普通の家族にも必要なんだということですね。そうやって努力して、みんなの居場所をつくっていくのが家族じゃないでしょうか(1)」と述べている。

「家族」みんなの〈居場所〉をつくるため、「芝居」が必要であるとする。特に「痴呆老人を介護する人」には「即興で応じる」「演劇性」の必要性を説く。根底に「人生は方便で、いろいろな役を演じ続けていくことだと考えれば、どこかで失敗があったり、ストレスを感じることがあっても、必要以上に引きずらなくてすむんじゃないでしょうか(4)」と、過剰な心の悩みや憂いにとらわれがちな人の性《さが》に対する祈りがある。

作品の用例を掲げると、

父に接するふとした瞬間、幹夫は自分がむかし書いていた即興の多い芝居を憶いだすことがあった。純粋な即興を要求しても役者たちは対応してくれず、いつも口論になったものだった。「それじゃ脚本じゃないだろう」とも言われた。しかしそれは、きっと自分を「無」にすれば可能だ……。（中略）できあがった物語を演じるのではなく、その都度そのときの父と共同で紡がれる物語……。それこそが純粋な即興なのだ。

「無」になるとは、無限に繋がること……。

父はなにかの欠損や不足に生きているというより、むしろ無限にちかい過剰のなかに漂っているように思えた。

過剰な思いに混乱すれば鬱にもなるのかもしれないが、そう感じるときとそうじゃないときがあった。父の行為や状態を、症状と見るかぎり幹夫にも活路は拓けない。症状ではなく、表現として見ようと思った。

辛うじて「シナリオの修正だよ」と答え、人はかつて書いたシナリオを、そのつど書き直しながら人生を演じているのだと思った。

「人生こそ、芝居じゃないか。……夏美は自分の役と信じた役を見事に演じきった。俺だって、……しがない役を演じつづけてるよ」（中略）

「俺は、いろんな役を、徘徊したいのかもしれない」

「……」

「だから、たぶん父さんとつきあうには、もってこいなんだよ」

哲也は煙を斜めに吹き上げながら幹夫を睨むように見ていたが、やがてその眼が緩むのを見て幹夫は言った。

「きっと佳代子さんも、いろんな自分をまとめきれなくて、……徘徊してるんだよ」

「本当はもっともっと変幻自在なのに、……どうしても一貫性を求めるから、苦しくなるんでしょうね」

首を下げて再び父と犬とに目を戻すと、ついそんな言葉が出た。佳代子はしばらく龍が峰を見つめていたが、すうっと肩の力を抜いたのがわかった。

「芝居」とは何か。「即興」で「自分を『無』」にし「表現」することであり、「『無』になるとは、無限に繋がること」だと述べる。すなわちそれは「自己という輪郭のない無限大の心」、「『自他一如《じたいちによ》』とも呼ばれる」(9) 禅の「閑《かん》」の精神である。だからこそまた「芝居」を演じることは「家族」みんなの〈居場所〉へと繋がるのである。

まとめると「懐う」、「聴く」や「芝居する」の三者は、相手に心を寄せ結ぶ行為（自他一如）であり、また自身の悩む心を癒し、緩めてもくれる。さらに自他両者にわたる「自尊」を発現させ、「自由」を認める。つまるところそれらは「うゐのおくやま」を越えて「無為自然」に通じる道を開かせる行為なのである。

四　『龍の棲む家』の在り処

終わりに一節～三節を前提として、『龍の棲む家』の題目に籠められている意味を問いたい。「龍」は様々な意味合いを持つ。この作品でも多様である。その中で作品主題に繋がる二つの「龍」を掲げたい。

一つは筆者の本作品解説の内に窺われる。「私はいま『痴呆』という状態を考えながら、それをテーマに小説を書いているのですけども（二〇〇七年十月『龍の棲む家』として文藝春秋より刊行）、そうすると〈自然〉というものと直面せざるをえないんです。老いという現象のなかで、クレバスが口を開くみたいに自然が顔を覗かせる。それは合理的に命を解釈してきた人間にとってはゾッとするほど恐ろしいものです。（中略）昔はなかったものがなぜこんなに増えてきたのかということを突き詰めると、『分類した』からです。つまり、昔は『老い』というもののなかに、ああいう傾向も鷹揚に含まれていたはずなんです。（中略）私に言わせると、『〈異界〉を見せてくれている人』です。（中略）たとえば、仏教は龍を守護神と考えますよね。いわば、龍は〈自然〉の主体みたいなものです。（中略）だけど中国で生み出された『龍』は、思うようにならないからこそ仏法の守護神なんです。（中略）あの龍とは何かと考えたときに、やっぱり『手に負えない』ものですよね[1]」と語られている。「痴呆症」と「龍」とは〈異界〉を見せてくれるものであり、「手に負えない」ものとして結ばれている。

　小説内でも父はしだいに「手に負えない」存在＝「龍」と化してゆく。終盤近くでは、父の皮膚そのものもだんだんと「龍の皮膚」のようになっていく。行動でも凄絶に庭木を切り倒し尽くし、暴れ龍と化す。しだいに「父」は龍の居住する〈異界〉に近づいてゆく。

> 幹夫は父のなかに龍が棲んでいるのだと思った。あらゆる天候を支配し、台風や竜巻や雷も自在に起こす龍……。頑健な父のからだの支配は、今や直接龍神さまに委ねられたのかもしれなかった。（中略）
>
> 　それにしてもいったいどこへ帰るというのか……。龍になった父は甚平のまま靴を履

き、表に出た。

さらにもう少し踏み込むと、

（略）「風かぁ」と言って笑いながら座卓に向かい、筆に墨をつけながら解説しはじめた。

「この字はね、この上の部分が鳥なんだよ。おおとり。その下というか中に、虫を書くが、これは龍のことだ」

「え、龍？」

思わず幹夫は大声になった。

すると父はその驚きを嬉しがるように続けた。

「虹の虫偏だって、虹が龍の一種だと考えられたからついた。風は鳳と龍の起こす神聖なものなんだ」

龍の符号にも驚いたが、きっぱりした父の物言いには正常な知性さえ感じた。

庭木を凄惨な様に刈り取ってしまった後、一転して静謐に書写の稽古に取り組む父が右のように語る。

そのとき、家の外では「颪」が吹き荒れている。それはまた「父」のその直前の内なる暴風をも示している。「颪」とは仏教の教えでは「縁起」である。「颪」とは「すべてものごとは、独立して起こるのではなく、互いに深く関連しあいながら、生じたり滅したりするという考えのこと」[10]だと説かれている。この場面での「颪」はどのような「縁起」となるのか。「颪」を起こす「鳳」と「龍」と「神聖なもの」に着目したい。この文の前の庭木を切り倒した後の描写にヒントがある。

> 二階から下りてきた父の顔を見たとき、幹夫はすぐに「頼政《よりまさ》」の能面を憶いだした。頼政とは平氏討伐の兵を挙げながら宇治の平等院に敗死した源氏の老将だが、能面の眼にはその無念を表すためたいてい金属が塡《は》め込まれる。

右の文にある「平等院」は仏法の衰滅期の末法の時代にあって宇治に建造された。永承七（一〇五二）年に建立した藤原頼通《よりみち》の説明には、「『いのちの表現』の希求」と、「『救済の敷

平等院鳳凰堂（野松循子撮影）

衍』を実現した」と説かれている(11)。

その平等院の鳳凰堂の大屋根には東西に現存最古の四対の龍頭瓦と、その屋根の先端の南北に鳳凰が一対配されている。鳳凰堂は「西方極楽浄土(11)」を模し、再現したものである。そもそも「龍」と「鳳」の配置は何を意味するのか。前述の筆者のエッセーの言からも窺えるように仏教では「龍」は「手に負えない」、「思うようにならない」ものがその意の一つにある。ときに暴れる、人の煩悩の象徴とも言われている。「龍」の基となった蛇のイメージからなのか。

そのもう一方、「龍」は基となった「蛇」が脱皮するように、悟りを開いていく仏教の守護神としても捉えられている。その意の元は釈迦誕生の際、龍が甘雨《かんう》を降らせた説話（釈迦の誕生を祝う灌仏会《かんぶつえ》で甘茶を釈迦像に注ぐ風習はそこから来ている→日本においては雨をもたらす龍の水神信仰とも繋がる）や、釈迦の瞑想時に付き添い守護したという説話に端を発しているものかもしれない。

作家のエッセーの内では、国旗が「龍」である「二代目ブータン国王夫妻」が「福島の子どもたちに」語られた「『君たちの中には一匹ずつ龍がすんでいる。龍は経験を食べて大きくなる。君たちの中の龍が今回の震災の経験で大きくなっているはずだから、その龍をぜひ鍛えて育ててください』」との言葉を引き合いに出して、「龍は自然の象徴でもありますから、今後の自然との付き合い方でもあるのでしょうね。龍が自分の中で育つと思えば、たいがいの経験は肥やしになるでしょうから」と述べられている。(6)「龍」はこの世での喜怒哀楽を伴う「経験を食べて」、「自分の中で育」ってゆくものと語る。これは前述した「有為」→「無為自然」へ通じる道である。

また、禅宗の葬儀では本来、龍頭が用いられるが、そこには現世での手に余る煩悩を諌め、一方、「無為自然」の世界＝釈迦の存する世界へ誘う、両者の龍の働きの意味が置かれているとされる。

「龍」に対する「鳳」は、仏教では暴れる「龍」＝「衆生の煩悩」を喰らう武鳥であり、また幸をもたらす前兆と言われている。

小説に立ち返ると内外の「風」はその「龍」と「鳳」が引き起こす「神聖」なものとあった。とするならば縁起である「風」を起こす「龍」と「鳳」の描写の意図は瞭然である。痴呆症によりしだいに手に負えない「龍」になりつつある「父」は、「鳳」によってその煩悩を諌められ、「無為自然」の世界＝釈迦の存する世界へ誘う「龍」に乗って「無為自然」へと近づきつつあるのだ。その姿の移行は二節で述べた「尊ぶ」という思念に繋がる。「龍」と化す

台湾・龍山寺（中村祥子氏撮影）

台湾・龍山寺（五味稚子氏撮影）

＊この２枚の写真は玄侑宗久氏がかつて留学した台湾の龍山寺の屋根の「龍」と「鳳凰」である。その関連性が窺われるため掲載した。台湾の輔仁大学副教授の中村祥子氏と、同じく台湾在住の写真家五味稚子氏に撮影していただいた。改めてご協力を賜ったことに心より感謝の意を表したい。

「父」の存在は「尊ぶ」存在へと転化する。ここで「父」は痴呆症の人としてではなく、色即是空から空即是色に渡される尊ぶべき先人としての意味が付与される。人の〈生〉とは何か、との答えの一つがここにある。「龍」と「鳳」をその屋根に具《そな》える平等院「鳳凰堂」に籠められた「いのちの表現」、「救済の敷衍」との意図が、『龍の棲む家』の作品主題としてそこに連なる。すなわち「人」の生の救済を作品は問いかけている。平等院の挿話は必然的なものである。

父がまた「父」（無尽蔵な数多の父を示唆する）と表記され、その父と共に幹夫や佳代子が物語の締めくくりにおいて「三人で巨大な龍の背に乗っている」と描写されるのも、そのことと無縁ではない。この世の色即是空の歩みは是として受け入れられる。

本小説は、家族解体が激化している現代社会で、「介護」という事象を核に、人の本然的「いのち」の意味を根源的に問いかけてもいる。

〈介護〉とは家族としての心を再び結び合わさせ、その先に「無為自然」への活路を拓かせる千載一遇のチャンスでもある。この物語の終盤にそれを証す記述がある。「介護の技術というより、それは即興の芝居、いや、方円の器に従う水の化身、やはり龍なのだった。どんな変化にも即興に応じることで、自分たちは父と共にどこまでも徘徊していくのかもしれない」。一切をあるがままに受け入れることの大切さを述べている。それが父への尊厳の眼差しを得させ、家族としての再生をもなさせている。幹夫や佳代子のいのちの再生にも継がれている。

一節の三人が家族として扱われた理由、二節の「奥山」の姓と四節の「龍」の「無為自然」の繋がりも、三節の「懐う」、「聴く」、「芝居する」の「無為自然」に連なる三つの「尊ぶ」行為も、介護や人の一生を問い返す作家の思いに基づいている。物語の締めくくりの、他者との繋がりを求め「誰にでもいいから手紙」をと「新しい便箋と封筒」を求めに町に出かけようとする幹夫の行動にも、その再生は象徴されている。

終わりに作品題名の内の「棲む」という言葉を考えたい。「棲む」とは上代・中古では「男が女の家に行って夫婦になる」、今は「動物がそこに巣を作って生活する」、「所を定めて生活する」とある。「住む」の意味よりは重い。巣籠もる、棲息する感がある。作品の最後、その全身に「龍」の皮膚を纏った父が暴れて庭木を切り倒し埋めた、庭の古墳のような築山を前にして、「幹夫にはいかにもここが奇形の団欒に相応しい場所に思えた」とあり、そこに「家族」の場が意識されていることがわかる。作家はこの作品の舞台を「地霊[2]」という表現で示されている。現世にその場はあるのだ。その龍が棲む家とは「有為」、「無為自然」が交錯する「家族」が棲息する場にあるのだ。「地霊」として濃密な気配を伴い、我々の前に存するのだ。「住む」ではなく、この世の地霊としての意味が具わる「棲む」と表記したことがまた人の本然的「いのち」に対する筆者の思いを示唆してもいよう。

では、それはどこにあるのか。

その在り処《か》は「懐う・聴く・芝居する」心でもって他を尊び寄り添い合う人の心の内にこそ、存在すると私には思える。未来永劫に津々浦々の場の人の心の内に存在する在り処だからこそ、架空の町と設定され、下の名の呼称で語られ、「父」の呼称であることも必然であったのではないかと考える。「奥山」の名も然りである。「棲む」も然りである。現実的には厳しい面にも多々遭遇する「介護」という事象に対し、であればこそ、人の一生として「尊ぶ」ことの大切さを告げている。この小説は今とこれからの未来の家族の物語に他ならない。

（「燔祭」第八号、二〇一九年五月、改稿）

注

(1) 南直哉・玄侑宗久『同時代禅僧対談 〈問い〉の問答』佼成出版社、二〇〇八年一月
(2) 玄侑宗久氏の書簡（二〇一七年十二月二十九日消印、八四頁の写真参照）
(3) 玄侑宗久『まわりみち極楽論』朝日新聞社、二〇〇三年六月
(4) 玄侑宗久・鈴木秀子『仏教・キリスト教 死に方・生き方』講談社＋α新書、二〇〇五年二月
(5) 玄侑宗久『荘子』ＮＨＫ出版、二〇一六年八月
(6)『中途半端もありがたい 玄侑宗久対談集』東京書籍、二〇一二年十月
(7) 玄侑宗久『さすらいの仏教語』中公新書、二〇一四年一月
(8) 玄侑宗久・岸本葉子『わたしを超えて いのちの往復書簡』中央公論新社、二〇〇七年二月
(9) 玄侑宗久『サンショウウオの明るい禅』海竜社、二〇〇五年四月
(10)「とってもやさしいはじめての仏教」公益財団法人仏教伝道協会パンフレット、二〇一八年十二月
(11)『平安色彩美への旅 よみがえる鳳凰堂の美』平等院ミュージアム鳳翔館、二〇一六年四月

参考文献

荒川紘『龍の起源』紀伊国屋書店、一九九六年六月
笹間良彦『図説 龍とドラゴンの世界』遊子館、二〇〇八年四月

［参照1］　いろは歌

いろはにほへとちりぬるを
色は匂へど散りぬるを　（諸行無常《しょぎょうむじょう》）

わかよたれそつねならむ
我が世誰ぞ常ならむ　（是正滅法《ぜしょうめっぽう》）

うゐのおくやまけふこえて
有為の奥山今日越えて　（生滅滅已《しょうめつめつい》）

あさきゆめみしゑひもせず
浅き夢みし酔ひもせず　（寂滅為楽《じゃくめついらく》）

［追記］
平等院鳳凰堂の調査においては平等院ミュージアム鳳翔館の学芸員の皆様のご協力をいただいた。一言、謝意を申し上げておきたい。

太宰治『富嶽百景』その眺望

太宰治『富嶽百景』◆「文体」（スタイル社）一九三九年二月号・三月号に掲載。一九三九年七月、『女生徒』（砂子屋書房）に収録

はじめに

昭和十三（一九三八）年秋、満二十九歳の太宰治は、結婚話を進めるため山梨県河口村（現・富士河口湖町）御坂峠《みさか》の天下茶屋に九月中旬から二カ月余り滞在した。その間、富士と向き合い『富嶽百景』は育まれ、書かれた。

『富嶽百景』、この題を聞いた人はまず何を連想するだろうか。浮世絵。なかでも、葛飾北斎の富嶽画を思い浮かべるだろう。富士を描いた画師は北斎一人ではない。しかしながら、おおよその人が北斎と答えるだろう。それほどに北斎の富士画は人々の脳裏に刻まれている。令和六（二〇二四）年度からの新千円札裏の図案には、北斎の「富嶽三十六景」の第一景「神奈川沖浪裏」が採用される。今や日本のみならず、世界においても、富士画といえば、まず北斎の名が挙がる。

さて、太宰の『富嶽百景』は、その北斎の富嶽画を強く意識している。その根拠は、三つある。

『富嶽百景』冒頭部は妻美知子氏の亡父石原初太郎氏の著書『富士山の自然界』[1]（一九二五年）の「富士山の形態　一頂角」からの一節を引用している。その内で石原氏の原本中にある言葉「秋里籠島《かごしま》の名所圖會《ずえ》中の圖」を、『富嶽百景』では「北斎」と置き換えている。加えて『富嶽百景』の結末部で「甲府」の「山々のうしろから、三分の一ほど顔を出してゐる」、「酸漿《ほおずき》に似てゐた」とある富士が、北斎の「富嶽三十六景」の二景「凱風快晴」（通称・赤富士）を念頭としてひねっていると推し測れる（この推測の拠り所については本論の終わりで詳細に述べる）。

『富嶽百景』の「北斎」の置き換え語に続く文では、「実際」の富士は「鈍角も鈍角、のろくさと拡がり」とある。結び文でも麓の「甲府」で眺めている「酸漿」に似た富士の様は同じく鈍角である。つまり〈起〉〈結〉の外枠部分は、北斎富士と真反対の「鈍角」富士として呼応させている。

そしてこの外枠の「鈍角」富士には次の二つの意図があると思われる。

まず登山前と登山後の外枠では、「私」は鈍角富士と一対一の二点構造で向き合っている。その外枠に、「私」の御坂峠登山前の生活と下山後の生活を対比させ、現実生活の立て直しを示唆している。自己喪失から自己回復への転換を企図している。

次にその「鈍角」富士描写の後、内枠では実像ではなく、作家独自の視点からなる富士世界を構築している。この外枠・内枠仕立てからは、内枠の山上世界を注視させる作家の意図が透けて見える。外枠の「鈍角も鈍角」と述べ解説したその直後、内枠の最初の場面で、真逆の予想を裏切る高さと「たのもしさ」を持った「十国峠」の富士が突如、眼前に現れる。読者を一挙に引き込む。

これらの「鈍角」富士の外枠・内枠の構造が根拠その一である。

さらに根拠二として『富嶽百景』内枠では北斎「富嶽三十六景」の富士画の基本である三点構図が持ち込まれていることが挙げられる。このことは北斎を強く意識している何よりの証しである。遠景に富士、近景にその地方で働き暮らす人々、その手前に描く自身との配置が、踏襲されている（題名を「百景」と変えた理由については三節の終わりで述べる）。この三点構図の手法を駆使し『富嶽百景』の主旋律は展開してゆくことが、北斎富士画への意識を何より示すものだと考える。

なかでも殊に重要な箇所は、『富嶽百景』後半のクライマックスシーン「富士には、月見草がよく似合ふ」に続く「富士」と「遊女」と「私」の描写場面である。この場面は『富嶽百景』の主題を解く要ともなっている。

この箇所については川村湊氏によって既に指摘されているように、北斎の「富嶽三十六景」の二十三景「東海道吉田」が「その下絵[2]」にあると考えられる。ただし、北斎の描いた「東海道吉田」は御坂峠の麓の町の富士吉田ではない。現在の愛知県豊橋市にあたる。また北斎の二十三景に描かれている不二見《ふじみ》茶屋内の女たちは遊女ではない。旅客である。太宰が取り違えたか、知りながらも敢えて採用したのかは判然としない。ではあるが、北斎の「富嶽三十六景」二十三景が『富嶽百景』の根底にあることを何より裏づけているのは、川村氏の指摘[2]の通り「遊女たち」という古語を小説内で用いたことである。なぜなら、太宰文学の内で身を鬻《ひさ》ぐ女性たちを「遊女たち」と表現しているのは『富嶽百景』だけであるからだ。さらにまた二十三景の背景を抜きにしては『富嶽百景』の世界は成立し得ない。『富嶽百景』の最も肝心要《かなめ》となる場面である。主題に繋がる。だから「遊女」と「富士」と「私」の話の基底にある北斎の二十三景は外せない。

そのように私が確信した決定的理由は『富嶽百景』で遊女たちの存する場を地上（世俗）から山上世界（反俗＝聖なる場）へと上げたことである。それによって「遊女」たちを俗世界から聖世界へと転移なさせ、救っている。換言すると「遊女」たちのその〈生〉の昇華を試みているからだ。

この場面では遠景の富士に対する評価もそれまでと打って変わる。富士は「ふところ手して傲然とかまへてゐる大親分のやう」に堂々として頼もしく見える。父なる存在として弱き「遊女たち」を庇護する。ここには庇護する富士山と庇護される側の「遊女たち」の関係が築かれる。直前の「富士山」と「月見草」の変容でもある。「私」は手前でその両者を見ている。そして大きな存在と認めた富士に自身をも託し、そのことが自己回復の途《みち》へとも向かわせてゆく。『富嶽百景』の作品主題を解く重要な鍵の場面でもある。太宰文学の主題と連なっている。これが、根拠三である。詳細については後節で改めてまた詳しく触れたい。

要約すると、①『富嶽百景』冒頭文での石原氏富士解説文の「秋里籬島」から「北斎」への差し替え、［外枠］起と結びの実像「鈍角富士」の呼応、内枠の書き出し、②［内枠］北斎の三点構図の仮借、③なかでも富士と遊女の場面、その三つの仕立てが『富嶽百景』の根底には北斎「富嶽三十六景」があることを如実に物語っている。

では、北斎の富士画を仮借しつつ、太宰が『富嶽百景』に築こうとした全体図はどのようなものであったのか。私の考えを先に示しておきたい。

①北斎画の庇《ひさし》を借りつつ、北斎の画筆を文筆に置き換え、新たな富士像を描く。
②北斎の画人精神に倣い、既成概念を壊し、自己の文学観や生の再生を築く。
と私は考える。

その上において、「北斎」の富士を強く意識したそもそもの動機は何か。当時、既に、北斎の富士画は他に比べ圧倒的に知られていたこと、御坂峠周辺に北斎富士画のモデル地と称される場所が多かったこと、さらに御坂峠の富士が日本三大富士の景勝地であったこと、などがきっかけになったと思える。そこに読み手の脳裏に北斎富士画を一旦浮かばせる借景効果も期待したかもしれない。

さらに北斎画の対比構造、既成手法を打ち破った様に、倣うべきものを見出したのかとも思える。北斎の「富嶽三十六景」の特徴は三点構図のみならず、「幾何学模様の絵が目立つ」、「近像拡大型構図（透視法〔遠近法〕）が多い」、「物が移動する一瞬を切り取った絵が多く、流動感・躍動感が感じられる」、「富士山だけを捉えた絵がある」などと言われている。(3) 以前の浮世絵の画法を大きく打ち破り、実景と離れて「デフォルメ」(3) されている。総体として「千変万化」(4) と称される。『富嶽百景』の内枠での各富士の描写も、明らかにそれらの北斎富士の画法を意識している。核となる対比構造とも通い合っている。

つまるところモデル地であることも踏まえて、しだいに作家の胸の内に、常に独自の新画法を求め続け画狂人と称された北斎を鑑《かがみ》に、それに匹敵する富士を文筆で描き、文狂人としてありたいとの意識が湧き上がってきたのではないか。その願いこそが、最も「北斎」の富士の庇を借りる思いに繋がったのであるまいか。画を文として書くというひねりを入れて倣ったのは、分野は異なれど芸道を志す者として思いが、まずは太宰の身の内に強く湧き上がってきたからではないか。

さらに敷衍して〈北斎の画人精神に倣い、既成概念を壊し、自己の文学観や生の再生を築く〉への発展を考える基として、北斎富士画の要点と実態を的確に指摘されている中村英樹氏の卓越した論(5)をここに参照としたい。まず中村氏の論を簡略に要約するならば、北斎富士画の三点構図の意図である。

氏は北斎「富嶽三十六景」とは「ごく近くの事物や人物、とりもなおさず描き手の位置と」、「日常の意識の枠を超えてしまうとらえがたい無限なるもの、すなわち〈はっと気付かされる〉超遠景の富士山を意識に突き付け」ていると解説する。さらにその上に「無限遠の彼方に対する知覚と、見る者の足もと真近に対する知覚とを、同等の比重で画面に描き、同じ強度を保つ平面上の各部分を通して、描き手の自己を構築しようとする」と述べている。それら「相反する側面の複合」により終《しま》いに「〈自己を超越するものとの関係に基づく自己構築〉」をなしていると断じる。「描かれた富士の雄姿は、無限なる自然の偉大さであると同時に、それと向き合う北斎の自己の強靱さの表れでもある」と説く。「平面の明快さや画面の仮構性の明示を基盤とする日本の画法と、遠近法による立体感や垂直性に基づく緊張感などからなる西洋の画法とを一体化して、自立的で強固な自己の〈存在論的な場〉として絵画を成り立たせ」ていると見なす。言い換えれば「絵が単なる再現描写の手段ではなく自己救済のための〈存在論的な場〉であることが強烈に示され」ていると説く。すなわち近景の事物と人、遠景の富士、それを見つめ描くうちに構築される自己、さらにその先に「自己救済のための〈存在論的な場〉」が醸成されていると語っている。

　画と文と表現方法は異なるものの、『富嶽百景』の内部世界にもそうした三点構図と「自己救済のための〈存在論的な場〉」が置かれている。太宰が『富嶽百景』叙述に際して、北斎富士画をなぞりながら、自己の目指すべき文学を模索していたとも取れる。意識・無意識のうちに同様な「自己救済のための〈存在論的な場〉」に導かれている。

　なぜそうしたのか。それは何よりも己の芸の確立を願う者にとって、「自立的で強固な自己の〈存在論的な場〉」＝「あすの文学」、「私の世界観、芸術」（『富嶽百景』本文）がその作物上に築かれることが第一優先であるのは無論のことであるからだ。また、それによってしか最終的に「自己救済」されないことも当然の帰結であるからだ。

作家生活を続けるには、そうあらねばならない、太宰の数年来の実生活上の事情もあった。第三回芥川賞の落選、パビナール中毒による強制入院、最初の妻の不倫、実家での不幸ごとなどが折り重なってもいた。師の井伏鱒二の監督、再婚などの条件付きで作家生活を営む仕送りが約束される崖っぷちに立たされた状況にもあった。切羽詰まってもいた。

しかも早くに作家一路の道を志した太宰には文狂人としてありたいとの願望も人一倍強く、他にない浮世絵技法を究めた画狂人「北斎」の姿はひときわ強く眼前に映っていたと思える。そして改めて自己の目指すべき文学とは何かとの内心への問いと、自己再生の決意が相俟《あいま》って、『富嶽百景』は執筆されたのではないか。それらを次節より具体的に解き明かしていきたい。

一　『富嶽百景』冒頭文と『富士山の自然界』

さて、「はじめに」を旨とし、詳細に見てゆきたい。改めて『富嶽百景』の冒頭を書き写す。

富士の頂角、広重《ひろしげ》の富士は八十五度、文晁の富士も八十四度くらゐ、けれども、陸軍の実測図によつて東西及南北に断面図を作つてみると、東西縦断は頂角、百二十四度となり、南北は百十七度である。広重、文晁に限らず、たいていの絵の富士は、鋭角である。いただきが、細く、高く、華奢《きやしや》である。北斎にいたつては、その頂角、ほとんど三十度くらゐ、エッフエル鉄塔のやうな富士をさへ描いてゐる。けれども、実際の富士は、鈍角も鈍角、のろくさと広がり、東西、百二十四度、南北は百十七度、決して、秀抜の、すらと高い山ではない。たとへば私が、印度かどこかの国から、突然、鷲にさらはれ、すとんと日本の沼津あたりの海岸に落されて、ふと、この山を見つけても、そんなに驚嘆しないだらう。ニッポンのフジヤマを、あらかじめ憧れてゐるからこそ、ワンダフルなのであつて、さうでなくて、そのやうな俗な宣伝を、一さい知らず、素朴な、純粋の、うつろな心に、果して、どれだけ訴へ得るか、そのことになると、多少、心細い山である。低い。裾のひろがつてゐる割に、低い。あれくらゐの裾を持つてゐる山ならば、少くとも、もう一・五倍、高くなければいけない。

次に、『富嶽百景』冒頭文に引かれた義父石原初太郎氏の原著『富士山の自然界』(1)内の該当箇所を、直前直後の部分も含め、以下に引用する。

◉富士山の形態

漫々たる大瀛《おおうみ》の濱頭に、濯出一萬二千四百餘尺の玉芙蓉の仙姿は蓬萊と呼ばれ、君子國中君子山と詠せられ、詩に、歌に、繪畫に、彫刻に、將亦大和魂に如何ばかり大影響を及ぼしたことであらう。しかも見る人の心々に任せ置きて巍々として自然のまにまに千古の形態を靑空に快現するは我富士である。而して如何なる名工の畫筆も歌聖の詞藻も到底其の眞をば表はし得ない。

一　頂角

試に畫家の筆に成る富士山を吟味するに、其頂角が實際を表はすものは殆んどない、凡て鋭に過ぐるのである。

例へば廣重の富士は八十五度位、文晁のは八十四度位で、秋里籬島《かごしま》の名所圖會中の圖は各地の畫家のスケッチに依るものであるが何れも八十四、五度で、大概の畫は此の位に角度が描かるゝのである。

けれども陸軍の實測圖によりて東西及南北に斷面圖を作つて見ると、東西縦斷は頂角が百廿四度となり、南北は百十七度である。故に南又は北から見るときは東又は西から見るときよりは幾分鈍であるべきで、之を平均するときは百廿度卅分で、八面から撮った寫眞の頂角を測ると丁度此の角度を示す。

東海道のあたりは海面に近く隨て山頂を仰ぐときは北面湖畔などの海抜八百米以上も高い所で眺めた場合より大に高く隨つて頂角は一層鋭い様に感ぜらるゝが寫眞で測ると格別鋭いことはなく斷面圖で得た位の角度を示すのである。

總じて繪畫は鋭く描かざれば高く見えないので殊更かくする傾向もあらうが、一面には錯覺の關係もあらう。

眞をのみ寫すは寫眞で、繪畫は想像を描くものであるといふ議論もあるが吾人は今之を論議するのではなく、たゞ繪畫に富士山頂の眞を描かれて居るものがないといふのみの事である。

この『富士山の自然界』は石原氏が山梨県より委嘱され、山梨県一帯の地質・地理・動植物の調査を行い、代表者として執筆した書物である。

両者を比較したとき、本論の「はじめに」で指摘した部分を含め以下の三点の相違が浮かび上がってくる。

①引用箇所「一　頂角」の中で、石原氏の原書では「秋里籬島の名所圖會中の圖」となっていたが、『富嶽百景』では「北斎」と置き換えられている。

②石原氏は富士山の絵が鋭く描かれている理由を「繪畫は鋭く描かざれば高く見えないので殊更かくする傾向もあらうが、一面には錯覺の関係もあらう」と解している。「眞をのみ寫すは寫眞で」、「たゞ繪畫に富士山頂の眞を描かれて居るものがないといふのみの事である」と理系科学者らしい分析を示している。一方、『富嶽百景』では絵画と実際の富士との相違についての原因は解かれていない。「実際の富士」の「のろくさ」さを前面に押し出している。

③『富士山の自然界』の『富嶽百景』への引用前文である「◉富士山の形態」序文「漫々たる……表はし得ない」には、古代から近代に至る日本の富士山観の要点がまとめられている。また、差し挟まれた「大和魂」との言葉からは、近代日本において富士山に殊に仮託されたナショナリズムの陰影が窺える。ちなみに原書の最後にも「明治天皇御製萬代の國のしつめと大空に　あふぐは富士の高根なりけり」と記されている。『富嶽百景』にはそうしたナショナリズムの影は一切持ち込まれていない。むしろ「俗な宣伝を、一さい知らず、素朴な、純粋の、うつろな心に、果して、どれだけ訴へ得るか、そのことになると、多少、心細い山である」と真逆の姿勢を取っている。

「はじめに」で述べたが、この①②の置換理由は太宰の、対「北斎」意識、ひいては『富嶽百景』の山上に自己の《信実》富士世界を築きたいための措置だと考える。

③についても同様ではないかと思える。その狙いを明らかとするために、まずは『富嶽百景』が書かれた昭和前期のころまでの日本人の富士山観の推移を簡略に確認したい。

古来より富士山は神が宿る霊峰として畏《おそ》れられ、崇められてきた。紀元前から江戸期の「宝永の大噴火」ごろまで何千年にわたり度々火を噴いてきた富士山の姿がその源となったと考えられる。山体は左右対称の均衡が取れ美しく、頂に雪や雲や太陽を抱き威容を誇ってきた。古代からその時々に都の置かれた広い地域からその姿形の威風堂々たる様や美しさが見渡された。これらが相俟って文学では古くは『万葉集』や『竹取物語』、『伊勢物語』などに始まり、和歌や日記、紀行文、俳諧などに書かれたり詠まれたりした。また浮世絵や蒔絵《まきえ》他にも描かれ、江戸期の「富士講ブーム」により旅の目的地ともなった。すなわち富士山はその信仰とともに日本の芸術や文化の内に古代から近世までの長きにわたって受け継がれていった。ただし、畏れ敬う山、信仰の山ではあっても、富士山が見える範囲も限定され、国家統一の象徴とまではなり得ていなかった。「不死」の力を借りるとの信仰や武人の思いや、噴火する山として恋心を重ねた和歌などの思いや、姿態の美しさを描き写す芸術文化などへの寄与が主であった。

近代以降は、開国当初の海外からの視線「フジヤマ・ゲイシャ」というエキゾティシズムを端緒に、日清・日露戦争のころに「国家統合の象徴として祀り上げられていく過程(6)」を経ていった。なかでも近代教育システムの初等教育「国語と図画と唱歌」を通じてその象徴性は急速に広められていった。国家の興起とともに、その後富士山は「国威を内外に誇示する霊峰として急速に競り上がって(6)」いった。

こうした推移を鑑みるとき、大正十四（一九二五）年刊の石原初太郎氏著書に見える「大和魂」や終章での明治天皇御製歌の引用は、時代状況から推すと、むしろ自然である。では、『富嶽百景』執筆の昭和十四（一九三九）年のころはどうか。日中戦争が勃発し、ナショナリズムがより高揚していた。富士山は尚更、国家、戦争、天皇、大和魂といったものと結びつけられていた。なかでも当時の切手や紙幣に多く採用された岡田紅陽氏の富士写真や、「国民画家の地位を築きつつあった[6]」横山大観の崇高な富士山画を介して、当時の日本社会や国民の心に、日本の象徴としての荘厳な富士山像は刻みつけられていった。両者は『富嶽百景』が書かれた時期とほぼ重なる。

こうした流れの中で『富嶽百景』はむしろ特殊に映る。「俗な宣伝を、一さい知らず、素朴な、純粋の、うつろな心に、果して、どれだけ訴へ得るか、そのことになると、多少、心細い山である」と真逆に記されている。挑発とまでは行かないまでも、当時の富士山観に肩透かしを食わせている。敢えて、背を向けたとの感が否めない。

というのも、前述の岡田紅陽氏の富士写真「峯は晴れゆく」に桜と旭日を印刷した五十銭政府紙幣は、太宰が御坂峠に滞在した昭和十三年に「紀元二千五百九十八年」との皇紀が記され、発券されている。さらに翌年の昭和十四年には、紀元二六〇〇年記念万国博覧会をアジア初の万国博覧会として翌年に日本で催すための前宣伝として、「秀麗富士」が真ん中に据えられたパノラマ写真のポスターが、大々的に上野の東京美術館に一般公開の上、ニューヨーク万国博覧会にも展示された。また翌々年十五年には紀元二六〇〇年記念の岡田紅陽氏の写真集『富士山』が発刊され、その本の装丁をした横山大観の崇高な富士画などが人々の目に広く知れ渡っていた。日中戦争から第二次大戦へと傾斜してゆく中、絵葉書や通帳などの日常生活の細々とした物品の中にまで富士山は多く用いられつつあった。

その富士に対する眼差しの影響は時を経た今なお、日本社会に残存している。まず、岡田紅陽氏の撮影した富士山は現在の千円札の裏面の図柄の基ともなっており、現代日本人にも馴染み深い。また令和元（二〇一九）年夏、日本で開催されたラクビーのワールドカップのオープニングセレモニーの際の、朝陽（日の丸）・富士山を用いた演出は、陽と富士山を取り合わせた横山大観の崇高な富士山画を彷彿とさせた。また、第二回東京オリンピック（令和三年開催）の開催式のセレモニーでも富士山と朝陽（日の丸）が組み合わされた聖火台の点火式が行われた。第一回東京オリンピック（昭和三十九年）の聖火台には見られなかった趣向である。

またその二回目の東京オリンピックの選手村の食堂で、某メーカーの冷凍ギョウザを食べたアメリカの選手がＳＮＳで「世界一美味しいギョウザが選手村にある」と呟いたのが波及効果となって、その年の冷凍食品部門でそのメーカーの冷凍餃子は冷凍食品売上第一位を獲得した。その冷凍餃子のパッケージを見ると、左上に富士山と太陽が描かれている。これはオリンピックの開会式での聖火台のパフォーマンスを模したものであるが、オリンピック村の選手がＳＮＳで「世界一美味しい」と言ったあの餃子ですよ、と購買者に思い起こさせるためのデザインだとも考えられる。

まわりくどい言い方になるが、ラクビーのワールドカップ、第二回東京オリンピックでのセレモニーや冷凍餃子のパッケージなどから見えてくるのは、現在の日本人や外国人の心の奥底には、富士山＝日本、との見方が既成概念となって引き継がれている有様である。現代日本人の無意識下においても、まだ富士を日本精神の表象とする捉え方は揺曳《ようえい》している。さらに太陽もまた、国旗日の丸との重ね合わせなので、世界的規模の行事では両者がともに使用されるのは当然の帰結なのかもしれない。だが、それはまた、近代日本において国家、戦争、天皇、大和魂といったものと結びつけられていく過程で、両者が結びつけられていき、既成概念として今に引き継がれていることは承知しておかねばならない。特に、芸術を志向する人々にあっては、独自性と〈祈り〉によって新たな感動を引き起こす創作が待たれる。

『富嶽百景』はそうした世の中の情勢を微塵も窺わせてはいない。そこにあるのは世情に流されない眼である。画狂人「北斎」を見つめながら文狂人として「富士」を眺める眼差しである。以降の節でもそれを詳《つまび》らかにしてゆきたい。

二　『富嶽百景』の山上世界——北斎富嶽画からの継承と展開

(一)　十国峠の富士

『富嶽百景』は序で富士の実像を一頻《ひとしき》り否定的に論評した後、御坂峠の山上世界が開かれてゆく。

十国峠から見た富士だけは、高かつた。あれは、よかつた。はじめ、雲のために、いただきが見えず、私は、その裾の勾配から判断して、たぶん、あそこあたりが、いただきであらうと、雲の一点にしるしをつけて、そのうちに、雲が切れて、見ると、ちがつた。私が、あらかじめ印をつけて置いたところより、その倍も高いところに、青い頂《いただ》きが、すつと見えた。おどろいた、といふよりも私は、へんにくすぐつたく、げらげら笑つた。やつてゐやがる、と思つた。人は、完全のたのもしさに接すると、まづ、だらしなくげらげら笑ふものらしい。全身のネヂが、他愛なくゆるんで、之はをかしな言ひかたであるが、帯紐《おびひも》といて笑ふといつたやうな感じである。諸君が、もし、恋人と逢つて、逢つたとたんに、恋人がげらげら笑ひ出したら、慶祝である。必ず、恋人の非礼をとがめてはならぬ。恋人は、君に逢つて、君の完全のたのもしさを、全身に浴びてゐるのだ。

「はじめに」で述べたように、ここで富士像を否定から肯定へと一気に覆している。小説世界の滑り出しとして実に巧みである。一挙反転攻勢は、読み手を注視させる。予想しないドラマが始まるのではないかと惹きつける。

「諸君」との呼びかけも、巧みな手法の一つである。読み手をすんなりと小説世界へと招き入れる。予想を裏切る富士の姿を「帯紐といて笑ふ」と親しげな砕けた口調で語りかけ、さらにそれは「恋人」が「君に逢つて」「完全のたのもしさを、全身に浴びてゐる」ことと同様だと身近な例で畳みかけ、読者を巧みに誘い入れている。

この二人称の設定で自己の思いがより吐露しやすくもなる。言うならば「富士という最も古典的に完成された山と、あらゆる矛盾撞着に満ち、近代の苦悩と分裂を背負った自我とを対置させる」[7]ことが果たしやすくなる。さらにその自意識の挿入により、「〈自己を超越するものとの関係に基づく自己構築〉」、「自己救済のための〈存在論的な場〉[5]」となる富士と自己との関係の披露が容易《たやす》くなってもくる。

また、出だしとはドラマの予告であると同時に、結末の暗示でもある。結果として富士に何を期しているのかが、既に仄めかされている。

さらにこの山上での富士の導入部の描写は、雲がかかって頂がほぼ見えない富士として書かれている。これは北斎の富士画にはない。少し雲が掛かるものはあるが、覆ってはいない。それは、浮世絵では富士の証しとなる頂は必須であるからだ。『富嶽百景』ではまず絵では示し難い見えない富士が初めに描かれている。そこには北斎の卓越した画法技術に対抗し、巧みな文章技法で競い合おうとする作家太宰の意識が垣間見えるのではなかろうか。頂が見えないでいるところにいきなり「あらかじめ」予想していたより「その倍も高いところに」「頂きが、すつと見え」る富士を思い浮かべさせる筆致は、抜群の映像効果をもたらしている。読み手を惹きつけ、引き込む。やはりそこに作家としての太宰の、北斎への対抗意識が底流しているのを感じる。

(二) 三つ峠の富士——見えぬ富士

物語は次に一旦、昭和十三(一九三八)年の巻でのときに巻き戻される。そこには「私」の苦悩に苛まれる自意識とそれを反映した否定的な富士の姿が描かれている。「小さい」、「肩が傾いて心細く、船尾のはうからだんだん沈没しかけてゆく軍艦の姿に似てゐる」富士である。この遡流の仕掛けは、この物語がこの先でも「私」の自意識の揺らぎによって富士への肯否も振り子のように揺れ動くことを予告する狙いがあってのことだと思える。自意識の揺曳は近代人の生の率直な心の姿を映し出すものでもある。「近代の苦悩と分裂を背負った自我[7]」が「自己救済のための〈存在論的な場[5]〉」へと向かう行程として、その揺れは必要不可欠なプログラムでもある。作家自身の特性と見るべきか、用意されたものと見るべきか、いずれにしても、この特質が〈再生〉に向かう「私」の行程に組み込まれている。

さて、話は三つ峠の富士へと展開する。

御坂峠に到着して二、三日後の晴れた午後、「私」と「井伏氏」は富士眺望の名勝の一つ、三つ峠へ登る。峠は濃い霧に阻まれている。富士が全く見えない。十国峠の富士を上回る霧で一切見えない富士である。十国峠に続き、画（絵）では描けない（北斎の「富嶽百景」にも「霧中の不二」として描かれた富士があり、こうした霧の配された浮世絵は他の画師にはない。北斎の恐るべき画法、独自性を感じさせられる。あるいは、太宰がこの「霧中の不二」を見ていて、参考にしたことはあるかもしれない。全面的に風景が見えない浮世絵ではなく、人々の日常生活は見て取れる。だが、情の動きは測れない）。やはり文筆ならではこそ描ける富士である。

茶屋の「老爺と老婆」が霧で見えないことを「気の毒がり」、「茶屋の奥から富士の大きい写真を持ち出し、崖の端に立ってその写真を両手で高く掲示」する。「ちやうどこの辺に、このとほりに、こんなに大きく、こんなにはつきり、このとほりに見えます、と懸命に註釈」してくれる。

「私」は「いい富士を見た。霧の深いのを、残念にも思はなかつた」。実物にも勝る「いい富士」を見たとの感慨を抱く。私にその感慨をもたらしたものは、言うまでもなく「老爺と老婆」の温かな心遣いや優しさである。心温かな「老爺と老婆」を介し、「私」の内にあった富士への否定感は一気に霧散してゆく。険しい山道を這うようにして登ったにもかかわらず、富士の姿は霧で全く見えない。その徒労感を反転させ、報いたのは、「老爺と老婆」の懸命な説明の「写真」の富士である。画ではなかなか伝え難い、心や情が示されている。彼方に見えぬ富士があり、手前に崖の前で写真を持って懸命に説明する老爺と老婆が目に浮かぶ。文筆家としての面目躍如と言っても良い。

もちろん、この構図の根底には「はじめに」で述べたように北斎の「富嶽三十六景」がある。北斎の富嶽図は、遠景に富士を、近景に地方で働き暮らす人々、商用の旅人などを描き、その手前に描き手が置かれている。その北斎の富士画の三点構図は確と『富嶽百景』に影響を及ぼしている。『富嶽百景』での近景もまた、その地方で日々働く無名の市井の人々である。三つ峠が『富嶽百景』での三点構図の最初の用例である。『富嶽百景』で注目すべきは、近景の市井の人々の内に、温かな心遣いや優しさといった無償の情愛を配し、それを施された「私」が救済されてゆく構造を、文として表したことである。近景の市井の人々の心遣いで救済されてゆく「私」の世界が、この後もなお、綴られる。それは何よりも御坂峠の山上の物語が「自己救済のための〈存在論的な場〉」であることを告げている。

もちろん描き手である作家自身にも物語る行為により、「自己救済のための〈存在論的な場〉」が開かれてもいる。北斎への太宰の共振を軸とする「私」の心の回復は、何よりもこの先、太宰が作家として立つ決意が根っこにあるからだとも思われる。己の芸を打ち立てようと願う者には、唯一無二の己の芸道を目指し、芸に励む行為によってしか、「自己救済」は確立されないとも思える。

㈢　お見合いの場での「富士山頂大噴火口の鳥瞰写真」

翌々日、「私」は起死回生の決意を胸に、甲府での見合いに臨む。

　井伏氏と母堂とは、おとな同士の、よもやまの話をして、ふと、井伏氏が、「おや、富士。」と呟《つぶや》いて、私の背後の長押《なげし》を見あげた。私も、からだを捻《ね》ぢ曲げて、うしろの長押《なげし》を見上げた。富士山頂大噴火口の鳥瞰写真が、額縁にいれられて、かけられてゐた。まつしろい水蓮の花に似てゐた。私は、それを見とどけ、また、ゆつくりからだを捻《ね》ぢ戻すとき、娘さんを、ちらと見た。きめた。多少の困難があつても、このひとと結婚したいものだと思つた。あの富士は、ありがたかつた。

石原氏の著[1]にある富士山頂の鳥瞰の説明「蓮華の八葉」や「芙蓉の八辧」を参考としている。だが、「まつしろい水蓮の花」の方が場に相応しい。瑞々しい清爽な「まつしろい水蓮の花」に似た「富士山頂噴火口の鳥瞰寫眞」が、見合い・結婚・再起への清廉な決意を見事に醸し出している。富士と見合い相手の娘さんとの一対の対比ともなっている。

「私」が「からだを捻ぢ曲げ」、「また、ゆつくりからだを捻ぢ戻すとき、娘さんを、ちらと見」、「多少の困難があつても、このひとと結婚したいものだ」と決心をする様が、見事なスローモーション動画となって浮かび上がる。そこには北斎の富士画の特質である放物線を描いて「物が移動する一瞬を切り取った」、「流動観・躍動感」[3]の影響が感じられる。私・娘さん（近景）・富士（遠景）とブーメランのようなカーブを描いて、「私」に戻ってくる。画を文として置き換えての見事な構図の創出と言える。北斎の浮世絵に匹敵する鮮明な色彩と構図である。

またこの場面で「三つ峠」のときと同じく、見合い相手の「娘さん」の顔を見られるように計らった「井伏氏」のひそやかな心配りも見逃していない。温かな心遣いや優しさがこの場にも底流している。文狂人としての注目すべき手法は、周辺の人々の心遣いを描くことにもある。太宰文学の根底には人の心遣いがある。それらが一つの〈額縁〉に収まる、美しく清々しい新たな三点構図の富士の光景として映し出されている。

㈣ 月と富士像

お見合い後、御坂峠へと引き返す。私はまた「あまり好かない」「富士三景の一つ」である「俗」な「お富士さん」と「へたばるほど対談」する。

そこに「富士見西行」を思わせる墨染の破れ衣を纏った法師が現れる。「私」が「いづれ、名のある聖僧かも知れない」と感嘆する。だが、「茶店のハチといふ飼犬に吠えられて、周章狼狽」する僧の様を見、一挙反転する。「富士も俗なら、法師も俗だ」と。『富嶽百景』には世俗の既成概念の洗い直しが組み込まれている。冒頭文にある「俗な宣伝を、一さい知らず、素朴な、純粋の、うつろな心に」戻してみる行程である。

この「お富士さん」、「富士見西行」と、その後の「私」を訪ねてくる無名の文学青年たちとの対置が、作品の奥に目論まれている既成概念白紙化意識を一層窺わせる。さらに後の「富士山と遊女」対「富士と花嫁」の対置にも、作家の同じ思いが読み取れる。無名で市井の片隅に生きている、しかしながら心優しいものたち。自己の文学の行く先をそこに見出そうとしたのではないか。

見合いから三カ月、「私」が天下茶屋の二階でひたすら執筆活動を進める中、山麓の吉田に住む「新田」という文学青年が訪ねてくる。青年から「性格破産者」との自分の評判を聞かされる。心が揺れ動く。二階の部屋の硝子戸越しに「のつそり黙つて立」つ富士を見つめる。「念々と動く自分の愛憎が恥づかしく、富士はやつぱり偉い」と思い直す。人は回生へと向かう道程でこの自意識の揺れを潜らなければならない。他者から見える自己を、甘受しなければならない。これは太宰文学の特質である。内心の愛憎と自我は近現代人の深層部に内在する。太宰文学はそうした意味で近現代文学の先駆的存在である。

青年の訪問をきっかけに、「私」は誘われ、麓の吉田の町を訪れる。文学歓談を交わす。青年たちは「私」を「先生」と呼ぶ。その中の二人の青年は師、井伏鱒二の読者だと語られる。この二つの挿入話は「私」が世間に期待されている「作家」の一人でもあるのだとの自己アピールとも受け取れる。自意識過剰とも取れるが、何より作家として認知されたい願望とも言える。いずれにせよ「私」の文学への熱い思いを感じさせる。この青年たちとのエピソードの内に文狂人を目指す志を感じる。

麓の吉田の宿で、青年たちと酒を酌み交わしながら文学歓談に盛り上がり、常ならぬ気持ちの昂ぶりを見せる。その夜、「私」は高揚した胸奥の余韻を引きずりながら、眠れぬままに町の夜道を散策する。その一夜、富士が「私」を幻影の世界へと誘ってゆく。

その夜の富士がよかつた。夜の十時ごろ、青年たちは、私ひとりを宿に残して、おのおの家へ帰つていつた。私は、眠れず、どてら姿で、外へ出てみた。おそろしく、明るい月夜だつた。富士が、よかつた。月光を受けて、青く透きとほるやうで、私は、狐に化かされてゐるやうな気がした。富士が、したたるやうに青いのだ。燐が燃えてゐるやうな感じだつた。鬼火。狐火。ほたる。すすき。葛《くず》の葉。私は足のないやうな気持で、夜道を、まつすぐに歩いた。下駄の音だけが、自分のものでないやうに、他の生きもののやうに、からんころんからんころん、とても澄んで響く。そつと、振りむくと、富士がある。青く燃えて空に浮んでゐる。私は溜息をつく。維新の志士。鞍馬天狗。私は、自分を、それだと思つた。ちよつと気取つて、ふところ手して歩いた。ずゐぶん自分が、いい男のやうに思はれた。ずゐぶん歩いた。財布を落した。五十銭銀貨が二十枚くらゐはひつてゐたので、重すぎて、それで懐からするつと脱け落ちたのだらう。私は、不思議に平気だつた。金がなかつたら、御坂まで歩いてかへればいい。そのまま歩いた。ふと、いま来た路を、そのとほりに、もういちど歩けば、財布は在る、といふことに気がついた。懐手のまま、ぶらぶら引きかへした。富士。月夜。維新の志士。財布を落した。興あるロマンスだと思つた。財布は路のまんなかに光つてゐた。在るにきまつてゐる。私は、それを拾つて、宿へ帰つて、寝た。

富士に、化かされたのである。

胸中を反映した幻想美に纏われた富士が出現する。「燐が燃えてゐる」ように「青く透きとほる」「富士。月夜。維新の志士。財布を落した」、夢幻の世界への浮遊である。北斎に限らず、浮世絵の富士はおおよそ日中の富士が描かれている。浮世絵は名所案内の一種でもあるので日中の姿が描かれるのは当然のことである。それに時代から推しても月の光だけで富士が見えることはほぼなかったはずだ（北斎の「富嶽百景」では「見切りの不二」、「武蔵野の不二」、「月下の不二」に月夜の富士画があるにはある。しかし、これと太宰の『富嶽百景』の影響関係はまずないと思われる）。また、近代以降の絵画でも同様にほぼ富士は陽に輝いている。『富嶽百景』執筆当時の富士もほぼ旭日（太陽）に覆いつくされていた。

そうしたうちで『富嶽百景』の「月夜富士」は特異な存在である。『富嶽百景』では後半もう一カ所、月夜の富士が描かれている。御坂峠の「私」の部屋から「ねるまへ」に「あすの文学」に思い悩みながら、窓越しに見る富士も「月」に照らされ「青白」い。太宰の他作品でも「月」と「夕陽」は多く描写されている。赫々《かくかく》たる陽が降り注ぐ景色よりも、どこか陰影を帯びた月光が射す情景や落日前の斜陽を好む。太宰文学の本質がここにも示されている。『富嶽百景』のこの場面は富士に月光が射し、「青く透きとほる」、「したたるやうに青い」、「燐が燃えてゐるやうな感じ」と、まるで絵具が滲み出てくるかのように読者の感覚に訴えてくる。舶来の絵具「ベロ藍（青）」を用いて藍摺りの浮世絵師と呼ばれた北斎を意識下に置いているのだろうか。ベロ藍（青）に対し、『富嶽百景』のこの場面の富士は「月光を受けて」、「透きとほ」り、「したたるやうに青い」。北斎富士への意識・無意識にかかわらず、北斎の絵筆を文筆に替え、画狂人北斎の浮世絵富士画に劣らない文狂人として技を駆使し、情緒と余情に溢れた富士描写を築き上げている。

㈤　月見草と富士

この物語のクライマックスシーン、『富嶽百景』の代名詞でもある「富士」と「月見草」の名言がその後に続く。

三七七八米の富士の山と、立派に相対峙し、みぢんもゆるがず、なんと言ふのか、金剛力草とでも言ひたいくらゐ、けなげにすつくと立つてゐたあの月見草は、よかつた。

富士には、月見草がよく似合ふ。

「富士には、月見草がよく似合ふ」、この言葉は、富士山文学で最も知られている。路傍に咲く小さな野の花「月見草」が、高さも名も日本一を誇る富士山に「けなげに」「相対峙」している。誰しもの脳裏にそうした映像がすっと浮かぶ。

この「富士には、月見草がよく似合ふ」の一文を把握するために、まず読点の前の「には」を文法的に見る。「に（格助詞・対象）＋は（係助詞・強調主体）」で対象を取り立て、強調する意味を持つ。つまり、「富士」を主体として取り立て強調していると解せる。すなわち、この小説の焦点は「富士（山）」にあると汲み取れる。

その上で見逃してはならないのは、「富士には」の後に読点「、」が入れてあることだ。「、」を添えると一呼吸、間が挟まれ、より「富士には」が強調される。さらにその「富士」と対比される「月見草」にも注目が集まる。

ここまでを整理すると、まずはその一、として富士が主体として押し出される。次にその二、として「富士」と「対峙」してすっくと向かい合って立つ「月見草」の姿が浮かび上がってくる。

なぜ、このように文法的な用法を敢えて確認したのかというと、この「富士には、月見草がよく似合ふ」の一文は、『富嶽百景』の「私」が追い求める芸術観「『単一表現』の美しさ」と直結していると見なせるからだ。「富士には、月見草がよく似合ふ」の一文には、綿密に企図して表現された太宰文学の世界観が既にそこに表わされていると思えるからだ。

文脈から言うと、この「富士には、月見草がよく似合ふ」の言の後、「富士」に対し、「富士山」と言い換えた言が記載され始める。結末部で「富士山だけを、レンズ一ぱいにキャッチして」、「富士山、さようなら、お世話になりました」と締めくくられている。つまり、そこに作家独自の偉大な「富士山」が獲得、完成されたと思われる。それを証しているのが「富士には、月見草がよく似合ふ」の一文が示すその一のことである。

さらにその二の示すことは、次の六節「富士と遊女たち」に繋がってゆく。「富士」とすっくと向かい合って立つ「月見草」の姿が読者の心を捉えるのは、その背後にある芸術観や人間観に拠っているのだ。

この言葉は、河口湖から御坂峠に向かうバスの中で誕生する。女車掌の「みなさん、けふは富士がよく見えますね」との言葉に乗客たちは皆、一斉に富士を眺め、感嘆の声を上げる。しかしながら、そのうちで一人だけ「胸に深い憂悶でもある」かのように「私」の目に映る隣席の「私の母とよく似た」「老婆」だけが、富士と反対の山路側を見つめている。「私」もそれに倣い、「富士なんか、あんな俗な山、見度くもないと」老婆に身を寄せる。「あなたのお苦しみ、わびしさ、みなよくわかる」と「私」は「共鳴の素振りを見せてあげたく」、「甘えかかるやうに」、「そつとすり寄つて」みせる。そのとき「老婆」が「路傍の一箇所」を指さし、「おや、月見草」と一声、発する。その一言に導かれ前述の「富士には、月見草がよく似合ふ」が誕生する。

なぜ、「青白い端正の顔の」「胸に深い憂悶でもあるのか」「私の母とよく似た」「老婆」が「月見草」の発見に一役を担ったのか。さらに「あなたのお苦しみ、わびしさ、みなよくわかる」の言葉が継がれたのか。「私の母とよく似た」、「共鳴の素振りを見せてあげたく」、「甘えかかるやうに」などの言葉が示すように、実際の「母」のイメージが多少なりとも投影されていたのかもしれない。昭和四（一九二九）年の弘前高等学校時代、カルモチン多量服用の後の大鰐《おおわに》温泉での静養に実母が付き添っている。また第一著作集『晩年』（砂子屋書房、一九三六年六月）の「葉」（一九三四年四月）の最初の妻小山初代との結婚のことを題材としたうちにも実母が登場する。「私たちは山の温泉であてのない祝言をした。母はしじゅうくつくつと笑つてゐた。宿の女中の髪のかたちが奇妙であるから笑ふのだと母は弁明した。嬉しかつたのであらう」とある。その最初の妻、小山初代との離別が御坂に登る前々年の昭和十一年であったことからすると、なお、自己の身や気持ちの定まらなさ、揺れの中で、この「憂悶」でもあるかのように映る老婆の姿のうちに、「母」を重ねて思い浮かべていたやもしれない。

あるいはまた、その「老婆」の選択には、『富嶽百景』全般を見渡したとき、「私」が救われてゆくのが、老爺、老婆、娘さん、見合い相手の母といった、自身を温かく包み込む母性的存在であることと関わるのかもしれない。

「月見草」にもまた同様の思いが窺える。「月見草」は『晩年』の「思ひ出」(一九三三年四月〜七月)の中にも書かれている。太宰の二歳年下で十七歳のとき敗血症で亡くなった「弟」が中学生であったときのエピソードの内に登場する。弟が秋の夜、「赤い糸」で結ばれた「少女」の現在の姿を語る内に出てくる。「大きい庭下駄をはいて、団扇をもつて、月見草を眺めてゐる少女」と弟ははにかみつつ言う。「月見草」の花言葉は「ほのかな恋」、「無言の愛情」である。ちょうど「思ひ出」の執筆当時、竹久夢二の作詞した「宵待草」(黄色の花弁の月見草の別名は待宵草)が流行っていたことから、そうした抒情的なイメージを既に抱いていたとも想像できる。夕方に人知れず路傍に咲く野花である。そのかそやかで優しいイメージは『富嶽百景』にも通じる。

だが、そうした中で最も注目しなければならないことは、地元人かと思われる人物たちのうち、この「おや、月見草」と呟いた「老婆」独りのみが、「青白い端正の顔の」「胸に深い憂悶でもある」かのように見えていることだ。そして「月見草」が次の遊女の登場する場面と繋がっている。現実社会において最も置き去りにされている弱者、「月見草」の花には既に前もってそうした視点が重ねられ配置されている。そこに作品の意図するものが表されている。

この場面の直後、嫋々《じょうじょう》たる月見草が、雄々しい富士山と「立派に相対峙し、みぢんもゆるがず、なんと言ふのか、金剛力草とでも言ひたいくらゐ、けなげにすつくと立ってゐた」と続けられている。

さて、北斎の三点構図では遠景の富士が小さく＝静、手前の人物、ものが大＝動として描かれていることが多い。太宰の三点構図ではこの箇所をはじめ、遠景の富士が大きく＝強で、近景の人やものが小＝弱（優しさ）として置かれていることが多い。富士の大＝強は、『富嶽百景』当時の勇壮な富士のイメージが基にあったのであろう。日本の象徴でもあったその威風堂々たる絶対的「富士」に対し、路傍の小さな野花「月見草」が「立派に相対峙」し、負けず劣らずとの発想は、当時の時代からは遠いものであったはずだ。「富士には、月見草がよく似合ふ」との遠近法においては、近景「月見草」が遠景の「富士」の雄姿と釣り合う、あるいは逆転さえする。そこに太宰文学独自の逆説的な文学観が働いている。柔なるものの内に剛に匹敵する、「立派に相対峙する」力を見ている。

この場面を境に、『富嶽百景』は、自己の目指すべき文学とは何かとの問いかけと、自己再生の物語として徐々に高まってゆく。「私」は「素朴な、自然のもの、従つて簡潔な鮮明なもの、そいつをさつと一挙動で擱へて、そのままに紙にうつしとる」、「『単一表現』の美しさ」の文学を追い求めてゆくこととなる。そのことからしても、文狂人として己の独自の文学を築こうとする意識が、『富嶽百景』に充ち満ちていたと見なせるのではなかろうか。

㈥　富士と遊女たち

そして富士と遊女の話が継がれる。「はじめに」で触れたようにこの挿話は北斎の「富嶽三十六景」二十三景「東海道吉田」を下敷きとしていると思える。なぜ二十三景を踏まえたのか。それには、そうあらねばならない決定的な理由があったと考える。

「はじめに」で触れたように、二十三景の「東海道吉田」は手前の近景に、麓の「不二見茶屋」が配されている。その茶屋の内に女性二名（この二名は遊女ではない。旅客である）他、二名の男の旅人と、その手前に富士を説明する茶屋女、左隅に駕籠かきなどが大きく描かれている。そして遠景に小さな富士山が配されている。名所案内的な性格を持った絵図である。

『富嶽百景』では近景に「遊女たち」を、麓から御坂峠の茶屋のある山上に移して配し、その向こう側の遠景に大きく「突っ立ってゐる」富士を描いている。この麓から山上にという配置替えにこそ、『富嶽百景』の意図が如実に表されている。

太宰が御坂峠に滞在時、麓の吉田町には遊郭があった。麓の吉田から「年に一度」の「開放の日」に御坂峠に連れられてきた「遊女たち」は「私」の目には「見ちや居《を》れない」ほど「暗く、わびしく」映る。「ただ、見てゐなければならぬのだ」と、どうすることもできない思いに駆られる。その苦しさを「それが世の中だ」と嘯《うそぶ》くしか手立てがない「私」が「遊女たち」の手前にいる。そのときふと、遠くの「富士」を見、思いつく。

富士にたのまう。突然それを思ひついた。おい、こいつらを、よろしく頼むぜ、そんな気持で振り仰げば、寒空のなか、のつそりと突つ立つてゐる富士山、そのときの富士はまるで、どてら姿に、ふところ手して傲然とかまへてゐる大親分のやうにさへ見えたのであるが、（以下略）

ここでの富士は頼もしい存在である。御坂峠「天下茶屋」滞在当初の「風呂屋のペンキ画」や「芝居の書割」のように俗だと否定される富士ではない。「遊女たち」を庇護してくれる頼もしい存在である。

ここの場面において、北斎の「富嶽三十六景」の二十三景がその基にあることがわかる。旅客を遊女と取り違えたか、知りながらもかはともかくとして、滞在当時の吉田町の事実と重ね合わせたのだ。

「はじめに」で記したように、地上にあって最も弱き境遇に置かれている「遊女たち」を山上に上げ、さらに「大親分」のような「富士山」と向かい合わせたことは『富嶽百景』で「私」が探し求めていたものの答えの一つを示している。この世の最も弱き存在を、強くて大きな存在である富士と山上で向かい合わせることで、世俗の価値観から解き放ち、救済しているのだ。

これは直前の「富士には、月見草がよく似合ふ」の理念を敷衍した描写である。「三七七八米の富士の山」に対し「立派に相対峙し」、「金剛力草とでも言ひたいくらゐ、けなげにすつくと立ってゐた月見草」は、この「遊女」と「富士山」の場面に繋がっている。路傍の花のように見過ごされてしまうような存在、それが富士山と対し合えること、そこにこそ『富嶽百景』の文学観はあったのではなかろうか。山上で「富士の山」と「相対峙」する「月見草」のように逆転までは叶わなくとも、「遊女たち」を他と同等な一人の存在として認知するために山上に置いたのではないだろうか。つまり「遊女たち」の昇華への願いが籠められていたのではないか。

このように、この場面を前文の「富士には、月見草がよく似合ふ」から連なり、北斎の二十三景を下敷きとして地上での価値を反転させたと見なすのには、二つの決定的根拠がある。

一つは、「富士」の呼称の変化である。「富士と月見草」までは、「富士」と呼ばれている。ところが、前述の「富士には、月見草がよく似合ふ」で「三七七八米の富士の山」と、「山」をつける呼び方が初めてなされている（それに先立つ見合いの席で「富士山頂」とあるが、それは「ふじさんちょう」で富士の頂を示すもので、山全体を指してはいない）。続く「遊女たち」と向き合う場面でも、「富士山」と表現されている。「富士山」の呼称は「月見草」の場面から始まり、結びの「富士山、さやうなら、お世話になりました」まで七カ所で使われている（以後も一部「富士」の表記はあるが、この場面以前に「富士山」の表記はない）。「富士の山」、「富士山」とは山体全容をしっかりと見つめている表現と言えまいか。一般に○○富士の呼称で富士のつく山は多くあるが、富士山との呼び方は一つしかない。富士山だけである。「富士山」という唯一無二の存在の大きさを認知したとき、富士は〈富士山〉となるのではなかろうか。『富嶽百景』では「富士山」と認知した呼称とともに、肯否に揺れ動いていた「私」の自意識も、肯定的な方向へと変化を見せていることがそれを証している。「富士山」の呼称は、作家としての再生と自己回生に向かってゆく「私」をも如実に示している。つまり、「富士には、月見草がよく似合ふ」とは、求めている文学そのものであると同時に、自己回生への分岐点となる道筋とも言える。だからこそ、背後の北斎の「富嶽三十六景」の二十三景は欠かせない。「遊女」の情景は必然であり、小説の要である。

さらに、その後に続く「富士と花嫁」の話に花嫁の「大きな欠伸《あくび》」が置かれていることがもう一つの根拠である。この話は「遊女たち」と「富士」に対置されたものと思われる。御坂峠の山上世界が前出の「富士見西行」同様、世の既成概念で「佳《よ》し」とされるものを逆転させているからだ。

なぜ、そのように描いたのか。それは山上で世間にあったときの価値を転じて《信実》として結ばれる世界が見出されてこそ、再生に向かえるからだ。事の収め方の是非はともかく、前半の俗世での東京のアパートで「或る人」と暗に示す前妻との出来事の背景や、これから予測される前妻の将来なども、この「遊女」たちの昇華に重ねられているようにも思える。回生はそれまでのことに一応の決着がつかなければ、もたらされないものである。「富士山」と山容全体を見据えた呼称への転換、「富士の山と月見草」→「富士山と遊女たち」→「富士山、さやうなら、お世話になりました」との流れによって、再生する道が開かれたと考えられる。

三　自己回復・新たな旅立ち——月見草・無名の人々の無償の愛

「富士には、月見草がよく似合ふ」という言葉が意味するもう一つのものに触れておかなければならない。『富嶽百景』の「月見草」とはどのようなものなのか。路傍で人知れず咲き、世間で名高い富士の山にも引けを取らず、「けなげにすつくと」立つ。小説内では御坂峠の山上を中心とする富士の近景に置かれた市井の無名の人々の姿がそこに重なる。北斎の富士画の近景には庶民の生活や働く姿やその地の風俗が置かれているが、『富嶽百景』の近景にはその地の無名の人々の無償の愛や優しさが表現されている。「老爺」、「老婆」、「娘さん」、「母堂」と、それぞれ固有名詞では語られていないのが路傍の花「月見草」を思わせる。

人々を固有名詞にしなかったのはなぜか。老婆・老爺・娘さん・おかみさん・母に似た老婆・母堂と連ねたとき、その答えは自ずから見えてくるのではないか。身内のような存在と言えるのではないか。母なる存在とも言える。御坂峠の山上や周辺にあって無名ではありながらも、有名な富士にも引けを取らない品格を持って日々の生計を営んでいる。この無名の市井の人々の姿はまさに「月見草」の化身である。何も見返りは求めていない。素朴な無償の優しさで身内同様に応援する。

「三つ峠」の老爺と老婆を皮切りに、「私」はそうした優しさに触れるうちに再生してゆく。茶屋で日々接する「娘さん」からも、「私」が原稿が進まないのを、「お客さん、（中略）わるくなつた」、「あたしは毎朝、お客さんの書き散らした原稿用紙、番号順にそろへるのが、とつても、たのしい。たくさんお書きになつて居れば、うれしい」と、一人の泊まり客としてでなく、身内であるかのように忠告される。「私」は心励まされ、「これは人間の生き抜く努力に対しての、純粋な声援である。なんの報酬も考えてゐない。私は、娘さんを、美しいと思つた」と感動する。さらに、お見合い相手の「母堂」に、結婚に際し、実家からの援助が期待できない旨を告げたとき、「結構でございます」、「ただ、あなたおひとり、愛情と、職業に対する熱意さへ、お持ちならば、それで私たち、結構でございます」との温かな言を得、「この母に、孝行をしようと思つた」との決意に至る。

これらの人々は実際の光景をそのまま描いたものではない。天下茶屋を例にすると、太宰治が茶屋に逗留していた当時、実際には七人の家族や従業員が住んでいた。「おかみさん」と「娘さん」の二人だけではない。その他も同様で、つまり、選択をし、創作された世界である。これら近景に配された無名の人々の愛や優しさが、「私」の自己回復の礎となっている。

脇に逸れるが、富士山麓には「お胎内」と呼ばれる八カ所の風穴がある。「胎内巡り」を行うことで、各自が再度「新たな出生を体験する」とされる。御坂峠直近の吉田ルートの富士山麓にもある。それをヒントとしたかどうかは不明ではあるものの、『富嶽百景』の近景の市井の人々の心配りは、「私」の新生をなさしめるための要の役を担っている。

この「母」が「子」に対するごとき無償の愛に包まれての自己回復がまた、「私」を「富士山」と山容全体を受け止める方向へと仕向けたのではないか。

御坂峠の寒気により下山を決意した「私」は、下山の前日、東京から来たと思われる二人の娘さんから、富士を背景にした記念写真を頼まれる。「罌粟《けし》の花ふたつ」に見える娘さんたちの「屹《き》つとまじめな顔」が「をかしく」、「私」は「狙ひがつけにくく」い。そこで「私は、ふたりの姿をレンズから追放して、ただ富士山だけを、レンズ一ぱいにキヤツチして」、

富士山、さやうなら、お世話になりました。パチリ。

と、写真を撮る。この娘さんたちと富士の記念写真の光景は、事実に基づいたものと言われている（ただし、実際には富士と娘さんたちが写真に収まっているそうである）。

さて、この結びにおいて、「私」、「娘さんたち」、「富士山」の三点構図が、「私」と「富士山」が一対一で向き合う二点構図の形へと変換される。その結び方を見逃してはならない。近景の「娘さんたち」を枠から外し、「富士山」と「私」とを直接向き合わせたのは、なぜか。冒頭で「アパートの便所の」「四角い窓」から「船尾のはうからだんだん沈没しかけてゆく軍艦の姿」のような「小さい」「富士」と向き合い、否定的な自己意識に苛まれた姿が、物語の結びにおいて、「富士山だけを」「レンズ一ぱいに」大きく「キヤツチ」して向き合い、肯定的な自己意識へと変化している。すなわち、結びの三点構図から二点構図への変換は、

そこで自己回復したことを示すためである。起と結は見事に自己喪失から自己回復へと逆転する形で配置され、呼応し合っている。起の「富士」から結びの「富士山」への呼称の変化もまた、自己喪失から自己回復への転換を示すもう一つの証拠と言えるのではあるまいか。文狂人としての主体的「富士山」がそこに誕生したのである。

「富士山、さやうなら、お世話になりました」の発声は、「私」の新たな歩みへの決意声明である。これからの人生と文学への再生の一歩を踏み出す決意が固まったからこそ、大きな富士山に向かって感謝と別れを告げることができたのである。

もう一つ余計なことを付け加えておくと、『富嶽百景』では三カ所ほど花が出てくる。一カ所目は見合いのシーンの「富士山頂大噴火口の鳥瞰写真」の「まつしろい水蓮の花」への譬え。ここは先に述べたように、このように差し替えた方が瑞々しい清楚なお見合いのシーンに相応しい。義父石原氏原著[1]にある「蓮華の八葉」や「芙蓉の八辨」は、富士山頂部が八つの峯でなっており、その様を仏が乗る八枚の弁を持つ蓮華座に譬えて言い表したのが「蓮華の八葉」であり、「芙蓉の八辨」とは中国由来の美しい花「芙蓉」（蓮の異称でもある）で、富士山頂部の譬えとして一般的に用いられるものである。

前述したようにこの場面は清廉なお見合いの場なので、石原氏の原著にある「蓮華の八葉」や「芙蓉の八辨」で富士山頂部写真の様を表現するのは相応しくない。太宰が記した「水蓮」は本来「睡蓮」が正しいのだが、これもまた、「睡蓮」だと寺院などを想像させるので避けた可能性もある。と見なすのも、『富嶽百景』の終わりで赤富士の様を譬えるとき、「酸漿」の漢字を採用しているからだ。「ほおずき」にはもう一つ「鬼灯」の字もあり、そちらを用いると、お盆の供物として仏前に供えられた「ほおずき」をイメージしてしまうから、「酸漿」の方を採用したのではないかと思える。「酸漿」の方を使えば、子どものときのおもちゃとしての記憶や、口の苦みを取るため、当時、生活の用に使われた「ほおずき」を思い浮かべるだろう。太宰文学は美的感覚を重んじる傾向にある。

次に「月見草」。胸に憂悶でもあるかのような母に似た老婆の視線の先、富士と反対側の路傍にある、けなげにすっくと咲く野花。これは、娘さんと茶屋の背戸にその種を播き、「僕の月見草」と宣言する場面、「富士には、月見草がよく似合ふ」の名言、さらに富士と対する遊女たちの要のシーンへと連なる。すなわち月見草は「弱さ」と「強さ」とが釣り合う太宰文学の価値観を示す最も大事な役を果たす花である。そして下山を決意するシーンでの東京からやってきたと思われる二人の華やかな娘さんたちの、カメラのレンズの中に見える姿の譬えとしての「罌粟の花ふたつ」、この都会的な可愛さを表す花の取り入れは、「私」が山上から下界へと戻ってゆくことを暗喩しているとともに、山上での月見草に託し自己の文学観をぶち上げた自身への面映ゆさ、含羞《がんしゆう》を感じさせる。言い換えるなら、山上世界と現実に戻ってゆく下界との調和、調整の身支度を感じさせる。このシーンに自律的に回復した「私」を示すために、「罌粟の花」が採用されたのだと思わせられる。罌粟の花が都会的で可愛い花であることを連想させるからかもしれないが、緊張感を解き放って明るくしてくれる花である。

この三つの花は見事にその場を比喩している。しかも絵画的でもある。北斎への意識が働いていたのだろうか。いずれにしても太宰文学での「花」はほとんど比喩表現としての花であり、そういう意味では画狂人に対する文狂人としての面目躍如とも取れる。

さて、作品名を『富嶽百景』となぜ命名したのか。一般的な見方をすれば「百」という数字は広がりを表す数字である。「百」は必ずしも数字そのものの数と一致するものではない。数限りなく多いことを意味している。太宰の『富嶽百景』は現実の富士そのものというより、「私」の目というフィルターを通じた富士の姿である。文狂人として、自我意識の揺れ、反俗や逆説の文学観などを反映して様々な富士の姿が描かれる。その姿が見えないことも、現物ではなく写真のことも、夜の幻想的な夢うつつに惑う富士もある。最後に時代のそれとは違った意味ではあるものの、偉大なる存在として「富士山」と向き合う。見守り回生させてくれた大きな存在としての「富士山」が最後において拡がっている。御坂峠山上で富士を背景に、無償の愛に接するうちに閉じられていた心が開かれ、再出発を誓うに従い、富士の姿は大きく拡がってゆく。『富嶽百景』の名称は実景の富士の多さを指すのではない。そこに存する富士（富士山）は《信実》世界の賜物である。言い換えるならば、自己の文学観や人生を再生させる行程で、御坂峠を中心とする世界で心に拡がっていった富士の数限りない姿である。

おわりに

『富嶽百景』はそこで終わってはいない。残りの三行が次のように加えられている。

その翌る日に、山を下りた。まづ、甲府の安宿に一泊して、そのあくる朝、安宿の廊下の汚い欄干によりかかり、富士を見ると、甲府の富士は、山々のうしろから、三分の一ほど顔を出している。酸漿に似てゐた。

「酸漿」と称される『富嶽百景』のこの富士は、冒頭同様、実際の富士の姿を模している。山を下りての日常がそこに記されたものと思われる。すなわち、「酸漿」のように見える「富士」のもとには現実世界がある。「富士山」は見えない。見えるのは現実の目に映る鈍角「富士」である。序での富士と同じく、「鈍角」である。すなわちそこからは山上で「富士山」に再生を誓った決意を、日常の「現実」と向き合い、日々一歩一歩歩まなければならない日々が始まることを示唆している。

しかしながら、『富嶽百景』の最後三行、ここの部分をなぜ書いたのか。改めて年譜（『太宰治全集』別巻）(8)で確かめた。この三行は、昭和十三（一九三八）年十一月十六日、太宰治が御坂峠を下りて止宿した「寿館」の二階左奥の間の外の欄干から翌朝早く起きて見た光景にあたる。この「酸漿に似」た富士は、「やや左の甲府の中心街の向こう、遙か御坂山塊のその上」(8)にある。つまり太宰治は御坂峠を下山した翌朝早く、昨日まで居た御坂峠の山塊を裏側から眺めているのだ。また、その向こうに顔を覗かせている「酸漿に似」た富士をも見つめているのだ。わざわざ朝早くにそれを見つめる太宰の思いはどのようなものだったのか。
まずは「酸漿」に似た富士とは、朝焼けの富士である。通称赤富士、富士山が眺望できる地域界隈では見た者に吉兆をもたらすと言われているそうだ。滅多に見られない富士だからだ。最も代表的な赤富士で知られる北斎「富嶽三十六景」の二景「凱風快晴」もまたそのことを周知していて、浮世絵の購買客への吉祥の意味を籠めて描いたのだろうと言われる。浮世絵もまた名所図会《ずえ》の一種であり、その技の披露とともに購買する客を惹きつける、縁起が良いものが求められていた。

太宰もまた赤富士の意味する吉兆を知って、下山の翌朝早くに起きて欄干に寄り掛って「酸漿に似」た富士を眺める場面を挿入したのではないか。なぜなら、十一月十六日の御坂峠からの下山に先立つ十一月六日に、甲府の水門町（現・甲府市朝日）の石原家にて井伏鱒二、甲府の斎藤文二郎夫妻の立ち会いで、太宰治は石原美知子と婚約式を挙げているからである。その婚約が調《ととの》うためには、井伏一家に誓約書の一札を入れなければならなかった。だからこそ、私はやはりこの小説の終わりに据えた三行に、太宰の無意識下の潜在意識として北斎の「赤富士」への意識を感じる。この三行の場面描写からは、北斎の「富嶽三十六景」の二景「凱風快晴」、通称〈赤富士〉が連想される。もちろん北斎の「赤富士」のモデル地と想定されている場とは異なるし、些か深読みと取られるやもしれないが。

なぜ、あの三行を据えたのかについて、未だ論じられていないが、私はそのように見なしている。というのも太宰は一部ではその名を知られ始めているとはいえ、まだまだ新進ではほとんど無名に等しい身でもあった。婚約直後、今後の地道な生活を誓った御坂峠の山塊の裏側をじっと見、その奥の上部に顔を覗かせる「酸漿」のような富士をも眺めつつ、改めて今後の平穏な生活への決意、そして作家としての地道な生き方、大成する未来への願いを託したのではないのか。

そのとき、太宰は数えで三十歳、若くはないが、熟年とも言い難い。事実、婚約後、太宰は孤軍奮闘し、身の回りの生活用品や生活費の調達のため、懸命に原稿を書き、周囲の人々への援助も要請する。さらには婚約者となった石原美知子の実家の石原家に、「ほとんど毎日、寿館から夕方」になると通い、「手料理を肴にお銚子を三本ほどあけ」、「抱負を語り、郷里の人々のことを語り」、「おもしろい」「座談」で場を盛り上げたとされる。(9) 何とか気に入ってもらえるように盛大に頑張る姿がそこに見える。翌年の昭和十四年一月八日に井伏鱒二夫妻の媒酌で、太宰の故郷の中畑慶吉、北芳四郎らの立ち会いのもと、結婚が整うまで、後にも先にもないほど、太宰は立ち働いている。

この機会を逃せば後はない。その胸中が反映されて、最後の三行が置かれたのではなかろうか。作品上で記すことで自身と周囲への意思表明とする意図もあったのではなかろうか。だから、またそれゆえ「富士山」は「富士」との呼称に回帰したのではないか。

逆に言うと、『富嶽百景』の中心となる内枠の世界観は御坂峠の山上で《信実》として結実したものである。山を下りた先での現実世界ではない。そういう意味でも『富嶽百景』で太宰治がそこに描いたものは、自己の目指す文学観や生のあり方だったのだと思われる。だから、また当時の世間一般の富士山観とは趣を異にしていたのも当然である。思いが己の理想とする「あすの文学」や「人生」の再起にあったのである。

結果としてみたとき、それは時局と真逆の世界を構築している。「富士には、月見草がよく似合ふ」と語ることで、ひいては「人」の持つ生の尊厳を根源的に掬《すく》い取っている。人の生を普遍的に救ってもいる。時代が変わっても変わらない価値観である。それこそが文学の果たすべき役割である。太宰文学が今でも多くの人々に支持されるゆえんも、そこを衝《つ》いているからではないか。

北斎の浮世絵も自然そのままというのではなく、どのような構図と配置、色彩をなせば、見る側万人に美しく、感動させられるかと計算しつくした画法が駆使されている。太宰が

「北斎」の庇を借りたのも、またそのことを充分承知していたからであり、画狂人に倣い文狂人でありたいと、筆を走らせたのではないか。

（「燔祭」第九号、二〇二一年五月、改稿）

注

（1）『富士山の自然界』山梨県、一九二五年六月
（2）川村湊「富士には月見草がよく似合う」、『富士山と日本人』青弓社、二〇〇二年五月
（3）赤坂治績『ザ・富士山』新潮社、二〇一四年二月
（4）大久保純一『千変万化に描く北斎の冨嶽三十六景』小学館、二〇〇五年九月
（5）中村英樹『新・北斎万華鏡　ポリフォニー的主体へ』美術出版社、二〇〇四年四月
（6）小原真史監修・著『富士幻景　近代日本と富士の病』IZU PHOTO MUSEUM、二〇一一年十二月
（7）桂英澄『わが師太宰治に捧ぐ』清流出版、二〇〇九年八月
（8）山内祥史編『太宰治全集』別巻、筑摩書房、一九九二年四月
（9）津島美知子『回想の太宰治』人文書院、一九七八年五月

あとがき

自身の書いた論文の内から、ここに四本の論文を掲載した。この四本を選んだ理由は、それらの文学作品の「祈り」から、多大なる影響を私が受けたと感じているからである。

四本の論文の掲載元は同大学院卒の者たちで編まれた「燔祭《はんさい》」という同人誌である。二人の師、宮野光男先生と森田兼吉先生の支援の下に誕生した雑誌であった。私は発案者ではなく、誘われて何とはなしに加わった者ではあった。が、誌名をつけるにあたり、私がふと開いた聖書の箇所にあった「燔祭」という言葉が採用された。何とも必然の言葉が選ばれたもののように思われてならない。「燔祭」とは「祈り」を伴う〈捧げもの〉を意味する。そのときは気づいていなかったが、後から振り返ってみるとまさに文学の持つ意味そのものでもあった気がする。

初刊号に『赤ひげ診療譚』論を掲載し、発刊された後、私は山本周五郎の研究者の主たる方々に送付した。何かがどうなるという考えがあったわけではない。ともかくも読んでもらいたいという気持ちが先行していた。怖いもの知らずの勇気の結果、驚いたことに山本周五郎文学研究の第一人者である木村久邇典《くにのり》先生からのお返事をいただいた。そのことが私のぼんやりとした先行きに対する気持ちを固めてくれたように思われる。文面は以下のようであった。

「赤ひげ診療譚」論拝読しました。作品のすみずみまで鋭い観察の行き届いた名論文でした。「罪」の意識の進化が「愛」の内実を変化させるという御説には全面的に賛成です。新進時代から山本作品には〝禅〟と〝キリスト教〟の影響が認められますが、昭和三十四年の「ちくしょう谷」以降、とくにキリスト教への傾斜が激しくなり、机辺にはつねに聖書がありました。「赤ひげ」論としては、荒正人、水谷昭夫氏らの優れた作品がありますけれども、私は劇評家尾崎宏次氏の『山本周五郎の世界私観』という短文も高く評価しています。野松さんのも、もちろんこれらに加わるものです。(中略)ご上京の折、および下さい。　不乙

このお返事が様々な意味で私の人生の分岐点となった。当時、自身の人生は「赤ひげ」の

「登」のごとく、公私ともに試練の渦中にあった。人知れず苦衷する胸中を抱えていた。「赤ひげ」の「氷の下の芽を育てる」という「祈り」はまさに自分に課せられた「祈り」でもあった。ここから自分は文学研究に出発した。

次に掲載した宮本輝氏の『錦繡』は、私が予備校で教えていたときの教え子が大学の卒業論文で扱おうとしていた作品である。その教え子は、偶然にも私の学会での第一回発表時に司会者を務めてくださり、その後何くれとなく、面倒を見てくださった西南学院大学の斎藤末弘先生の下で学んだ。卒業論文として選んだのが『錦繡』であった。先行論文がないのですよね、という教え子の言葉に、「じゃあ、私がその先行論文を書いてあげる」と何気なく告げた言葉から成った。

『錦繡』は小林秀雄氏の『モオツァルト』(1)の言葉「命の力には、外的偶然をやがて内的必然と観ずる能力が備はつてゐるものだ」の影響を受けたと筆者宮本輝氏は語っている。「私はこの小林氏の言葉を、いま信じることが出来る。肉体の力でもなく、精神の力でもない。まさしく命の力なのであって、それを『感じる』のではなく、『観じる』のである」(2)と語る宮本氏の言葉にまた私自身が深く影響を受けた。「観じる」とは〈悟る〉ことを意味する。自身の人生の中で偶然起きたと思われる艱難《かんなん》を「内的必然と観ずる」こと、それはまさに「祈り」によって支えられている。「偶然」ではなく「必然」と捉えられたとき、生き様に変化がもたらされるのであろう。そうした「祈り」を『錦繍』という小説から自身が確と受け止めた。

三番目に掲載した「『龍の棲む家』の在り処《か》」は、諸般の事情で論文の執筆を中断していた自身の目を、再び論文の方へと向けさせるきっかけとなった。

『龍の棲む家』を初めて読んだのは、この作品の発売間もない平成十九（二〇〇七）年のある総合病院の図書室であった。ちょっと前、新聞で大きく掲載されている広告文を見て興味を惹かれていたからだ。母が一年ほど入院していた病院から、難病の治療に優れた名医がいると評判の総合病院に転院して間もない五月頃であった。

母は前の病院で一度危篤状態になり、家族や親戚が集合した。身体全体は二倍くらいに腫れ、まるで映画「エクソシスト」でも見ているような妄言を日々口にしていた。それを毎日聞かされている私は心が壊れそうな精神状態に追い詰められつつあった。一度危篤状態に陥った母は皆の顔を見たおかげか持ち直した。だが、これはよくある話だが、看病していた私自身が倒れた。母が持ち直したことで親族が一旦、それぞれ帰っていった夜、私は四〇℃近い高熱と止まらぬ咳の発作に見舞われた。明け方午前二時ごろ、自ら救急車を呼んだ。C反応性蛋白が通常の百倍ということで、即刻強制入院となった。それから三週間の入院を要した。さすがに親より先に死ぬのはまずいと、母が転院した後、適度に手を抜くこととした。介護をしている誰しもが欲している一番のことは、手伝って欲しいという以前に、その思い悩みを聞いて欲しいということであるように思う。当事者は一番それを渇望している。妹に母の状況をメールし、無理にでも聞いてもらうこととした。聴く、介護ではこのことは周囲の人ができるもっとも大切なことだ。

転院してからの笑話数題。

それにしても死にたいと言いつつ髪切りたがるのは不可思議……前の九十二歳の老婆がたくさん食べる姿を見るとつられて食べるのでカーテンを開けて食べさせるつもり（笑）

食べたくないと言っているのに、なぜか他の人が食べていると負けまいとするのか、あっちにはメロンがついていると悔しがるの、笑える……。

尿管が入っているのでちん○○が痛いとか。ないけど（笑）。子供の時、犬に噛まれて狂犬病の注射しなかったから発しんが出たのかしらだって。何十年前？（笑）

傍線部分を病棟じゅうに聞こえるくらい叫び続けるので、私はひぇ〜と身が縮む思いで病棟を出て、散策。あるいは病院付設の図書館に避難(^_^;)。同じ病室の人が予定より三日早めて退院した(^_^;)。

今朝、母の入院先の病院の看護師さんから私に電話があった。母は看護師さんに私が昨日体調が悪くて早く帰ったから、私が大丈夫かどうか家に確認の電話をして欲しいと頼んだらしい。親心なのだろうけれど、私にはプレッシャー。晩には行くよといってあったので待って欲しいのだけど、待てないのだろうね。この間、急に用事ができて晩に行ったら、来なかったら死ぬつもりだったと言うし……。どうしたらよいものやら。

晩に行ったら、大泣きしていた。わかっているけれど心配で、心配でと声を上げながら。以来、到着時間にサバを読み、来れない事情を仕事と告げた。

母は月曜日からリハビリセンターでリハビリが始まるとのこと。少しずつ良くなっているのかな。円座は見つかりました。
あれこれ探し物を言います(^_^;)。軽い不安症状はまだあります。今はご飯が少し遅くなると忘れられているのかと心配します(笑)、まあ、食欲があるのはいいことですが。

朝晩もおやつを食べています。痩せているので病院公認ですが、まあよく食べます。本も一日二冊借りて、読んでいます。看護師さんたちもそれを利用してリハビリ後、二時間くらい、いろんな雑誌を渡して、車椅子読書をさせてくれます。特に食べ物に興味があるのを知って、下関近郊のグルメガイドなど……有難いのですが、しかし、娘にこの食べ物を買ってきてと言い出すことまでは予想していなかったようで……(^_^;)

自分のご飯が忘れられているのではという不安と、私に何かあったのではとの心配はずっと消えなかった。大丈夫とわかっているのだけど、何でなんだろうと大泣きする。毎日毎回、じゃあ、見てきてあげるね、と言って、廊下に出て、そのあたりをぶらぶら適当に歩き回り、大丈夫だった、今日は肉じゃがとオムレツだった、おいしそうだよ、と芝居を繰り返した。

叫び回る母の病室から逃れて図書室の棚にあったのをふと、手に取り読んだ『龍の棲む家』から学んだ、介護をする上では「芝居」が大切だとのことの実践である。『龍の棲む家』を読んで、実に多くのことを学んだ。救われもした。

その後、母は劇的に回復し、退院した。自宅での療養、そして二度の入院を経て、平成二十八年三月中旬まで生きた。

最後に入院した病院で、亡くなる一カ月前くらいからは軽度の認知症と思える症状が再び現れ始めていた。ある日、病室に行くと、「昨日ね。〇〇さんが、メロン提げてお見舞いに来たよ」と母が言った。看護師さんたちが、その向こうで首を横に振っている。それを見なくとも、現実の出来事ではないことは百も承知していた。なぜなら、その方はかなり前に亡くなった人だったからである。しかしながら、介護では「芝居する」、「聴く」ことの大事さを『龍の棲む家』から会得していた私は、「ふ〜ん、そうなの。お見舞いに来られたの。メロン、今ここにないようだけど、どうしたの」と聞いた。すると「看護師さんたちに、あげたの」と言った。それでまた、「看護師さんたち、どうだった?」と尋ねた。すると、「喜んでくれて、優しくなったの」と答えた。

この母の言葉は事実ではない。しかし、真実があると思った。メロンを持ってきたとする人物に対し、私が最後まで礼を尽くしたことを母は胸の内に秘めていたのだ。さらに、不安症状で迷惑を掛けているのは自覚しているけれど、看護師さんたちにもっと優しくして欲しい、これも母の胸の内の思いを反映している。親が子に対する思いや人間らしさは認知症になっても消えるものではないと思われる。「聴くこと」、「芝居すること」、「懐《おも》うこと」、「一切をあるがままに受け入れること」、それらは人が生きていく上で最も大切なことである。それらの所作には人間存在を証す「祈り」がある。『龍の棲む家』からそれを学んだことで、母を理解できただけでなく、介護の苦しさからも解き放たれていった。

この小説を巡ってはもう一つの奇蹟がもたらされた。母の亡くなる前年、平成二十七年の春ごろ、北九州市の図書館に勤務していた昔の教え子に文学講座を依頼された。その図書館の持つ性質上、アジアと関連を持つ作家、作品という条件がついた。玄侑宗久氏は大学での専攻が中国文学であり、台湾の大学院に留学経験があると『龍の棲む家』の著者紹介の欄にあったことを何ということはなしに思い出した。作品内容も文学講座の中心となる高齢者層に相応しいと思い、平成二十八年二月ということで日程を決めた。

その講座を依頼される一年前、平成二十六年の春、知らぬ間に長き期間（十九年間）中断していた文学論文同人誌「燔祭」を、復刊させるための補助を要請する一本の電話が掛かってきていた。大学院の同窓ではあるが面識はない、台湾の天主教輔仁大学副教授の中村祥子さんからの要請であった。直感的に「一緒に復刊すべきだ」と感じていた。なぜなら、刊行時、評判が良く、中断のままにしておくには惜しくもあった。さらにそのときの私はちょうど長きにわたる母の介護（七〜八年余り）で、仕事に行く以外は外部の人と一切接触する時間も余裕もないという閉塞感を抱えてもいたからだ。だから、少しの時間であっても忘れていられるという思いからも、その依頼を引き受けた。

復刊するに際し、横たわっていた問題を片づける中、中村さんとしだいに親しくなっていき、文学についての話なども交換するようになっていった。その過程で、文学講座の依頼を受け、ちょうど読み直していた『龍の棲む家』を何気なく彼女に紹介した。そして調べていくうち、あれっ、何ということか、玄侑氏は中村さんが勤務している台湾の輔仁大学の大学院に留学しているではないかと知った。こんな偶然もあるかと、驚きつつも、講座の日程がちょうど台湾の大学では休暇中にあたることもあり、良ければ講座に来ませんか、とお誘いした。

さらに講座で話すということで、もう一度丹念に読み返すうち、あれ、この小説、家族の名字が出てこないぞ、と気づかされた。必死に名字を探す中で、その名字「奥山」が墓石に記載されている場面に行き当たった。はっと気がついた。「有為の奥山」ではないかと。有為＝この世の喜怒哀楽である。玄侑氏は僧侶だ。墓石。きっとそうだ。現世の生の喜怒哀楽がその「奥山」の名に籠められていると確信した。講座の担当者に話した。「『奥山に紅葉踏み分けなく鹿の……』とか、『奥山に猫又といふものありて……』とかではないですよね」そう念を押されつつ、「有為の奥山だったら、すごいですよねぇ」と言われた。前者のはずはないと笑いつつも、これは人間の救いと尊厳という作品の主題に関わる重要なことだ。しかもまた、文学講座では介護をサブテーマとして掲げてもいた。そして聴講に来る人々は切実な思いを抱いてくる人が多いに違いない。ためらいはありつつも、それらが玄侑氏へ確認の手紙を書く強い動機ともなり、ご縁となり繋がった。

またさらに、講座に駆けつけてくれた中村さんが、私に「『龍の棲む家』は家族の物語だと言うけれど、確かに互いに下の名前で呼ばれるのは家族ならではですね。でも、お父さんは名前すらなくて『父』と呼ばれるのは、どうしてですかねえ」と何気なく呟いた。その瞬間、またもや閃いた。そうだ、これは単にある家族の話ではない。家族消滅や崩壊傾向にある今の日本の、あらゆるところに住んでいる家族の物語なんだ、だから、「父」は「父」との み記されているのだと気づいた。これもまた、ご縁の賜物である。

「偶然」が「必然」へと連なっていった。母の介護のうちで『龍の棲む家』を読み、もたらされた個人的な「祈り」が、さらにまた文学の「祈り」として高められて私に授けられたのだ。復刊した「燔祭」に作品論として結実させる意思にも繫がった。また、これもあり得べき「偶然」なのか、発刊後、同人の一人のお姉さんの旦那さまが、何と玄侑宗久氏の高校時代の大親友であることが判明した。何とも不思議なご縁の集積となった。

最後に掲げた「太宰治『富嶽百景』その眺望」、これも奇蹟のような出来事に遭遇した。それは後で触れるとして、現地を訪れて以来、ずっと思っていたのだが、富士のことを書いた作家は多数いる。しかしながら、あちらでもこちらでも「富士には、月見草がよく似合ふ」の言葉を目にする。なぜだろうか。それは「富士には、月見草がよく似合ふ」の光景が時を経てなお、人々の心の共鳴を呼び起こすからではないか。嫋々たる月見草が雄々しい富士山と「立派に相対峙し、みぢんもゆるがず、なんと言ふのか、金剛力草とでも言ひたいくらゐ、けなげにすつくと立つてゐた」その構図が、読んだ人々の胸中にまざまざと描かれ、それに共振するからではないか。どの分野であれ優れた芸術作品はこうした共振を必ず持っている。

富士と月見草の場面を、奥野政元氏は「アウラ的構図(3)」と言われる。「アウラの出現は、遠さとか遙けさの感覚、知覚にともなうもので、どんなに近くにあっても、遠さを感じさせるものであるなら、それは最も近く、また微小なものにこそ、秘められて宿るにふさわしいとも、逆説的には考えられる」、「富士のアウラは、月見草に対照させてこそ、最もふさわしく象徴図表として現象してくるのだ」とも、「太宰にとっての風景、自然とは、そこにそのままあるというものではなく、周囲の他者との関係の中で形成される心象に、基礎づけられている」とも言われている。(3) 頷ける。なぜならまず、「アウラの出現」に要する「逆説」を、富士山文学や芸術のうちで持ち得たものの頂点に『富嶽百景』はあると思われるからだ。おそらく同時代にあっては、富士と対するものは従順、恭順という順接構図でしか、描かれているものの他はなかったと記憶してもいるからだ。さらに後者についても、『富嶽百景』でも作品外の読者に内から「諸君」と呼びかけ、作品内では周囲の他者と「心象を共有したいと切実に願(3)」っている。この太宰文学特有の筆致こそが、「アウラ」を出現なさしめるのだとも思える。それらは太宰文学の本質でもある。飛躍的言い方になるが、作家のその「心象」内にある自他への「祈り」こそが、その作成物が「アウラ的構図」として後の世まで「共有」されるものとなるか否かを決定づける最も重大な要素であるとも言えはしないか。なぜなら、優れた芸術品は必ずと言って良いほど自他を包む人への「祈り」を感じさせるからである。それは〈瞬時〉でありながら、〈永遠〉でもあるものとして。

さて、余談ながら一つエピソードを付け加える。『富嶽百景』を巡る調査（令和元〔二〇一九〕年八月後半〜九月）でも、偶然ではあるものの、私にとっては必然的と思われる出来事にまた遭遇した。まずは、調査の初日、富士山駅についた途端、吉田の火祭りのお神輿《みこし》に出くわした。いわゆる赤富士を模したものである。太宰治の『富嶽百景』の終わりにも「酸漿」のような富士として、それは描かれている。何だか幸先が良いような気がした。さらに次の日の朝早く、日に一本しかないバスに乗り、御坂峠の天下茶屋を訪れた。そこで発刊されて間もない橘田茂樹氏著述の『太宰治と天下茶屋』(4)を手に入れた。著者である橘田氏は長年甲府市立図書館に勤務され、天下茶屋横の「富士には、月見草がよく似合ふ」の石碑の建立に先頭に立って尽力された方である。著書は平成二十九年に亡くなられた氏の遺稿を、息子さんの和樹氏が編集して令和元年四月二十七日に単行本として発刊されたものであった。パラパラとページをめくり、天下茶屋滞在中の太宰のことに触れてあるのを確認し、取り敢えず、旅の終わりにでも読もうとリュックの中に本を仕舞った。

天下茶屋訪問の後、すぐさま吉田町立図書館に向かった。予めネット検索で調べていた現地ならではの富士に関する多くの資料や書物を、すべて網羅して調べたいとの急く気持ちにあった。二日間調べ、読みつくした。成果上々であった。

さて、休暇だ、骨休めだと、かつての教え子たちが待つ東京へと向かった。翌朝、夏なので、教え子の家族や子どもたちと海水浴に行くことになった。そのプラン一切は教え子たちにすべて任せていた。千葉を予定していたが、当日、天気が悪く、鎌倉方面に行くこととなった。車道が渋滞していた。しかも、各駐車場がいっぱい。やがて鎌倉腰越小動崎《こしごえこゆるぎがさき》の標識が見え、新しくなった恵楓園《けいふうえん》（太宰治が昭和五〔一九三〇〕年、銀座の女給と鎌倉七里ヶ浜腰越小動崎で心中事件起こし、運ばれた先の病院）が見えてきた。「おっ」と驚いたが、鎌倉方面に車を進めれば、当然目にする光景ではある。海水浴を楽しみにしている教え子たちと家族の気持ちを損なわせぬよう黙っていた。「ここ空いている」と、とある駐車場に車を止めた。子どもたちが待ちかねていたようにまず飛び出し、その後を教え子たちが追う中、私はゆっくりと追っていた。

すると、何と、驚いたことに太宰治が心中事件を起こした小動崎の畳岩が目と鼻の先に見える荒波の海岸で泳ぎ始めているではないか。驚きはしたものの、だが、万が一にもここで溺れさせてはいけないとの焦りが先行して、必死の見守りに専念した（笑）。「いやはや」と動悸がしたまま、口に出せぬまま、その日、東京に戻った。そして黙っていることとした。

その数日後、旅を終えて帰ることにした。帰りの列車の中で、さて、天下茶屋で買った『太宰治と天下茶屋』を読もうとおもむろに広げた。思わず目を剝いた。唖然。何と著者の橋田茂樹氏は、太宰治と女給の心中事件の現場が小動崎畳岩であったことを指摘した太宰治実証的研究家の長篠康一郎氏に師事していた。私もまた大学院の途中で長篠氏が主催する「太宰治文学　津軽をめぐる旅」に参加させていただいたことがある。それ以来、資料をいただいたり、太宰文学資料の展示会、講演などと関わりがあり、懇意にしていただいていた。長篠氏は平成十九年二月に亡くなられた。その長篠氏に師事していた橋田氏の本は、先にも述べたように私が天下茶屋を訪れた令和元年の四月に出版されたばかりであった。

その本を手に入れて数日後に、太宰治の最初の心中事件現場近くで、海水浴をするとは夢にも思わなかった。偶然とはいえ、必然的に、「しっかり太宰治文学に取り組んでください」という長篠氏の声が聞こえてくるような思いがした。私もまた文学への向き合いを一生とすることを、車窓から見える富士の方を見つめ、誓った。

文学作品（小説・詩）の意味については、明治半ばの北村透谷の記した「人生に相渉《あいわた》るとは何の謂《いい》ぞ」での山路愛山との論争以来、繰り返されてきた論議ではある。私もまた文学の役割は人の生にとって非常に大切であると考える。

作品内だけでなく、それを読み、考えたりする中で、作品から受け取った「祈り」が自身の人生へと連なって、深めてくれる。自身の人生の物語をも確立させてくれる。だから、どうか、多くの人がそれぞれより文学を味わい、考え、自身の人生を豊かにさせていって欲しいと願っている。それが掟破りのようなこの長々たる「まえがき」と「あとがき」を付け加えた私の願いであり、「祈り」でもある。

また、本書の標題を「『文学』その道標《みちしるべ》 今を生きる人へ——」としたのも、「今」という不透明で不条理な時代状況の中で生きる人々に、幾分かであっても、すべてを受け入れ許容してくれる「文学」の「祈り」が届くようにとの、私の思いを伝えたかったからである。

この本の表紙カバーの画について一言、触れさせていただきたい。現在、この画は私の家の玄関を入って真正面に据えられている。画は恩師佐藤泰正先生の連れ合いでいらっしゃった画家佐藤京先生が描かれた。

泰正先生が平成二十七年十一月三十日に逝去されてからおおよそ一年後、京先生も後を追うかのようにお亡くなりになった。その後の身辺整理に際し、ご遺族から私に「形見分けをしますからいらっしゃいませんか」とお声が掛かった。そして、いただいてきた画である。

この画と、あと二つの猫の描かれた小さな画をいただいて帰った。猫の画はこの画の右手に置いている。

いただくことなった経緯は、その一年前の泰正先生の葬儀に遡る。教会での葬儀を終え、出棺となった。その際、京先生はお体の調子が悪く、火葬場にはお向かいになれなかった。ご親族もそう多くないということもあり、縁のあった方はできるだけバスに同乗してくださいとの声が上がった。顔見知りの下関教会員の方から急き立てられるようにバスに乗せられた。最後までお見送りするのも務めかなとも思い、同乗した。

火葬を待つ間、ご親族の間に何とも言えない沈痛な虚脱感が漂っていた。待つ間、泰正先生の教え子であり、学生であったとき、読書会で月に一度程度、佐藤家に伺っていたことなど、自己紹介した。さらに、何とか漂う緊張感を解きほぐそうと、生前のエピソードとして「佐藤家」に飼われていた猫の「文《ぶん》」を巡って勃発した夫婦喧嘩の話を披露した。夜、寝室に入れてと鳴く「文」に助太刀した泰正先生の行いが、「文」が布団の上におしっこを漏らす結果を招き、京先生から叱られ、翌朝の読書会で、これまでに見たことのない何とも気まずい雰囲気がお二人の間に漂っていたエピソードを披露した。泰正先生も叱られてしょげ返ることがあるんだ、と思ったとお話しした。思わず皆が笑って、場の雰囲気が幾分か和らいだ。

その話が印象に残ったらしく、京先生がお亡くなりになった後、佐藤先生宅での形見分けにご遺族から招かれた。ともかくも猫の「文」の画をもらおうと探しているうちに、この本のカバーに使っている画を見つけた。

実は、この画の下絵は私がモデルとなっている。今の画の下に、別の下絵が書かれた。今から四十年以上も前の冬、修士論文の下書きを携え、私は論文審査の主査である佐藤先生のお宅に伺った。大変風の強い日であった。その日の荒天の様は未だに私の記憶の底にも強く残っている。おそらく、どのように講評されるかという不安と緊張感が天候とマッチしていたからでもあろう。泰正先生と話している背後で、京先生が黙々と画を描いていらっしゃった。次にお訪ねしたとき、京先生が「この間、あなたが風の強い日、来たでしょ。あなたの髪が風で思いっきり靡《なび》いていたでしょ。それをそのまま、写しちゃった。ここね、この人あなたなの」とおっしゃった。「さまよえる猶太人《ユダヤ》を描いていたんだけどね」とあっけらかんと言われた。（えっ、わたし、さまよえる猶太人なの）と些か、へこんだ。確かに、いろいろ迷う人間だし……。それにしてもなあ、痛いよ、と。そして、さらに数年後、あの絵の上に別の画を書いたと聞かされ、胸を撫で下ろした。数十年ぶりの再会とはいえ、見た途端、その画だと一目でわかった。乞うていただいて帰った。

現在、その画は『画集 花のある風景』(5)に「吾亦紅《われもこう》」との題で掲載されてもいる。画の真ん中下部に、最初の私が見える。確かに風にまき散らされた髪の私がそこにいる。画集の画の左ページには、聖書ルカ伝八章四十八節「イエスは言われた、『娘よ、あなたの信仰があなたを救った。安心して行きなさい』」が掲げられている。上書きされて描かれている今の画の中で、イエスを囲む集会に一人遅れていく女性が、私には自分に見える。私は緩慢な人間でもある。だからこそ、この画を玄関先に置き、日々、自分を戒めている。

この画を装画として掲げた理由のまず一つは、これから先の自分の生き方に対する戒めである。次に「吾亦紅」の花言葉にある「感謝」を、これまでの私の文学研究の道程に関わってくださった方々に捧げたいとの思いから来ている、さらに三つ目に、この画の収められている画集の前書きにある、佐藤泰正・京先生と親交のあった遠藤周作氏の言葉、「イエスは花のなかにある神の愛、神の命を我々に示されたのだ、それらのことを感じさせるこの画集――そこに私はこの画家の祈りを感じざるをえない」との言葉にある画に籠められた「祈り」が、私が文学の究極の「役割」と見なす「祈り」と重なっているからでもある。これから先も文学の「祈り」を継承して参りますと誓っている。

この画を装画として使わせていただくにあたり、ご遺族のご許可をいただくため、多くの時間を割いて仲介の労を取ってくださった下関教会の小松理之牧師、梅光学院同窓会長の片山宣子氏に深く感謝を申し上げ、一言「祈り」を捧げておきたい。

最後に、この本を出版するに際し、担当してくださった海鳥社編集部長の田島卓氏に心から深く感謝申し上げたい。校正にあたっては句読点、修辞法などといった点のみならず、出典元となる作品などにまででき得る限り最大に当たってくださり、細部の細部まで点検してくださった。しかも、読み手が理解しづらい部分に対して、「一番最初の、一番小うるさい読者のつもりで校正をしております」との姿勢で問いかけてくださった。これは実に嬉しかった。読者の目、それは書き手にとって最も大切にしたいものだ。

そのおかげさまで、私がつい見逃してしまっていた作品を解く重要なキーワードを再確認でき、また、作品の読みをより一層深めることに繫がった。

編集に対するその徹底した誠実さには実に頭が下がる思いであった。自身の見直し作業に楽しさすら覚えた。与えられた仕事に対し誠実に向き合うこと、これもまた私に届けられた「祈り」であると思われる。

ゆっくりとした歩みではあっても、これからも文学に向き合ってゆきたいと思った。

感謝に替えて、聖書の「ヨハネによる福音書」の冒頭部分を捧げたい。

はじめに言《ことば》があった。言は神と共にあった。言は神であった。この言は初めに神と共にあった。すべてのものは、これによってできた。できたもののうち、一つとしてこれによらないものはなかった。
この言には命があった。そしてこの命は人の光であった。光は闇のなかに輝いている。そして闇はこれに勝たなかった。

どうか卓越した言葉の番人として、これから先もまだまだ未熟者である私を含め、多くの書き手の支えとなっていただきたいと願ってやまない。もう一度、重ねて心から深く感謝申し上げたい。

注

（1）小林秀雄『モオツァルト』角川文庫、一九九〇年三月
（2）宮本輝『命の器』文庫版、講談社、一九八八年六月
（3）奥野政元「受難の文芸　『富士には月見草がよく似合う』をめぐって（後編）」、『鯨々』9、海鳥社、

二〇二二年四月。なお、アウラについては『広辞苑』（新村出編、岩波書店、二〇一八年一月）に次のようにある。「アウラ（aura　ラテン語・ドイツ語。別名オーラ（英））　迫真性の芸術が持つ特別な質感・一回性・迫真性・神聖など」
（4）橘田茂樹『太宰治と天下茶屋』山梨ふるさと文庫、二〇一九年四月
（5）佐藤京『画集　花のある風景』佐藤泰正発行、一九九三年八月

野松循子（のまつ・じゅんこ）
1953年、山口県下関市生まれ。1982年、梅光女学院大学文学部大学院日本文学専攻博士課程満期退学。複数の高等学校非常勤講師、常勤講師（大学院在学中より十数年間）、大学図書館司書（２年間）、予備校講師（７年間）、1987年、西南女学院短期大学保育科非常勤講師（２年間）、1989年、萩女子短期大学国文科非常勤講師（２年間）を経て、1991年、萩女子短期大学国文学科常勤講師、1994年、同短大同学科助教授。1999年、萩国際大学情報学部教授。2004年9月、西南学院大学文学部国際文化学部非常勤講師。その他、専門学校、大学校、高等学校の専任講師、非常勤講師を兼任し、2023年3月末ですべての職より退く。

「文学《ぶんがく》」その道標《みちしるべ》　今《いま》を生《い》きる人《ひと》へ――

■

2024年５月１日　第１刷発行

■

著　者　野松循子

発行者　杉本雅子

発行所　有限会社海鳥社

〒812－0023　福岡市博多区奈良屋町13番４号

電話092(272)0120　FAX092(272)0121

印刷・製本　有限会社九州コンピュータ印刷

ISBN978-4-86656-160-8

http://www.kaichosha-f.co.jp

［定価は表紙カバーに表示］